# やきにく丼、万歳《バンザイ》!

## おやじの背中、息子の目線

佐藤洋二郎
Yojiro Sato

松柏社

もくじ

# やきにく丼、万歳！

## ――オヤジの背中、息子の目線――

# 願いごと

1992.9

七月で満三歳になったわたしの息子は少々乱暴者で、近所のこどもをよく泣かせている。妻が公園に連れて行くと、おなじ年頃の子が恐がって逃げるので恥ずかしいとこぼしている。

本人はみんなと遊びたくてしょうがないのだが、乱暴者だから遊び相手がいなく、早々と孤独というものを知らされているようだ。

まだわけもわからないのだから、そんなことは放っていたってじきに直るとわたしが言っても、彼女はもう息子の行く末を心配している。

息子は妻が童謡を教えてもまったく覚える気がなく、いまはわたしが友人からもらってきた吉幾三のテープが気に入っていて演歌ばかり歌っている。

自転車に乗り、いい気分で、涙には、いくつもの、思い出があるーとか、そばにいて、少しでも、話を聞いてとか、もいちど、もいちど、やり直せるならーと甲高い声を上げて「雪国」や「酒」の歌を歌っているのを聞くと、妻は知らず知らずのうちにうつむいてしまうのだとわらっていた。

その息子は五歳になる近所の年上の女の子が好きらしい。彼女を好きな男の子はいっぱいいるらしく、年下の彼はまったく相手にされていない。

息子は彼女の声が通りですると、食事も途中で放り出して飛び出して行く。そのくせ彼女のまわりをうろついているだけで、いたってだらしがない。たまに彼女に遊び相手がおらず、相手にしてもらうと、一日中きげんがよくはしゃぎまわっている。

先日もわたしが酔って帰ってくると、息子と妻は七夕の飾りをつくっていて、色紙に彼女の名前を書いていた。なにをお願いしようとしているのだろうなとわたしが言うと、妻はお嫁さんにしたいらしいわよとわらった。息子は照れ隠しに部屋の中を走りまわっていた。ライバルが多くて苦戦しているみたいよと彼女はつけ加えた。

微酔《ほろよい》加減のわたしは小さな胸をたかぶらせている息子を見ながら、遠い夏祭りのことを思い出した。

わたしは十二歳だった。その日の朝、近所に住む同級生の女の子に、盆踊りの練習に一緒に行こうと誘われた。わたしはすっかり有頂天《うちょうてん》になり、返事もできず、ただうなずいていただけだった。

相手の子は勉強もよくできたし、ひとりだけ町にピアノを習いに行っていた。わたしは勉強はからきしできなかったが、人並みに異性を恋うる気持ちだけは芽生えていた。いまとなってはなぜ彼女が、遊びほうけてばかりいるわたしを誘ったのかわからないが、とにかくわたしは興奮していた。

そしてその日が彼女の誕生日だった。以前、彼女が蝉の幼虫がほしいと言っていたのを憶えていて、わたしは神社の境内を歩きまわり、狭い穴の中で育っている蝉の幼虫をいくつも取り出し、相手がやってくる時間まで大切に見守っていた。

そのうち彼女は団扇《せんす》を持ち、浴衣《ゆかた》をきて盆踊りの練習にきた。わたしたちは狛犬《こまいぬ》の前で待ち合わせた。やってきた彼女に、わたしはだまったまま箱に入った蝉の幼虫を差し出した。相手はありがとと言って箱を開けた。羽が出始めた蝉がごそごそと蠢《うごめ》いていた。彼女のしろい顔にかすかに失望の色が走ったような気がした。誕生日の贈り物にしては幼すぎたのかもしれなかった。

わたしたちは少し離れたまま神社の階段を登った。彼女は樹の根元に蝉が入った箱を置き、あかるい電球の下で優雅に踊り始めた。わたしは木陰で彼女が踊る様をじっとみつめていた。

やがてその子は町の音楽学校に行き会わなくなってしまったが、いまでもあれはなんだったのかとおもうときがある。高校生になりバスの中で偶然出会ったが、あのときの心の高鳴りはもうどこにもなかった。彼女は音楽の先生になりたいと言ったが、わたしがどう答えたかさえ希薄になっている。それでもこどもだったわたしに、ときめきというものを教えてくれた彼女に感謝している。

「おい、がんばれよ」

わたしは陽気な息子に言った。いつもこちらの口真似をする息子は、おうと言ってしろい歯をみせた。

「ふられてふられて、最後にお母さんのようにいい女性を見つけるんだぞ」と、ふだんお座成りにしている妻に家庭内営業をかけると、相手はそっぽをむいたままだった。

そしていい気分のわたしは、息子とふたりで、およばぬーことと、あきらめーました、だけどこいしぃー、あのーひーとよー、と当時流行していたリバイバルソングを口ずさんだ。なんでもほどほどがいいんですけどねえ、と妻は調子のいい亭主と息子をにらみつけた。

# 花火

1993.10

四歳になったばかりのわたしの息子は、花火が好きでしょうがない。おかげでこの夏はあちこちの花火大会に行く羽目になり、疲労気味になっている。

夏も終わり安堵《あんど》していると、お父さん、ぼく、いつも花火が上がっているところを知っているよ、と息子は小鼻をひくつかせて言った。わたしは身構えながら、どこにあるのかと訊いた。彼はうれしそうにディズニーランドには毎日上がっていると言った。そうかなーとわたしはとぼけた。

彼は郷里にいる二従兄弟《ふたいとこ》やハンブルグにいる従妹《いとこ》が戻ってきたときには、よくディズニーランドに行っていて、ホテルから見る花火が気に入っているらしい。

わたしが妻と一緒に行くようにと言うと、彼はみんなで行かなくちゃいけないのだと、うるさくなるほど言った。こちらはとうとう根負けして腰を上げた。

わたしたちはホテルのラウンジに行き、案内の人に花火を見たいのだと言うと、若い男性は息子のためによく見える席を用意してくれた。まわりは若い男女ばかりだった。いいわねと妻はうらやましそうに言った。

やがて夏空に花火が上がった。はしゃぐ息子を見ながら、こどもの頃、父と母に手を引かれ蛍を見に行った夜を思い出した。わたしを真ん中に手をつないだまだ若い彼らは、突然たわいもない言い合いをやりはじめた。わたしは父と母の手が放れないようにとしっかりと握っていた。

あのときのことを思い出し、本当はわたしが忙しくて、あまり家族を相手にできないのを知っていて、息子が、三人で花火を見に行こうと催促しているのではないかとおもった。こどもも気を使うのかな、と妻に言うとあたりまえでしょとわらわれた。

息子の一段と大きなはしゃぎ声に目を外にむけると、夜空に火の星が散らばっていた。放物線を描いて消えていく花火をながめながら、花火も私たちの人生も一瞬の徒花《あだばな》のようにかんじられた。

# 八月十五日の記憶

1993.10

八月十五日に家族で広島に行った。わたしは広島になんどか行っていて気乗りはしなかったが、出無精の母が珍しく出かけてもいいと言い、妻も行ってみたいと言ったのでつき合った。

母が広島に行くのは四十九年ぶりで、敗戦前まではそこにいた。原爆が投下される前日に郷里に帰り命拾いをしたということだ。そして原爆が投下された一週間後ふたたび近くまで戻り、死にいく人々の世話をしたということだった。

母は街のあまりの様変わりに茫然とし言葉を失っていた。資料館は次の日が終戦記念日だということもあって混雑していた。入り口には中国人の団体客が並び、アメリカの兵隊さんらしい若い人も混じっていた。

中国人のガイドがひっきりなしにしゃべり続けるのとは対照的に、白人と黒人の若者たちは無言で焼けた煉瓦や衣服に見入っていた。わたしはじっと見ている彼らの、言葉を発しきれないでいる気持ちがわかった。

以前シンガポールの資料館に行ったときに、わたしは自分が日本人だと気づかれないようにしていたことがあった。たぶん彼らもあのときの、わたしの気持ちとおなじ気分になっているのではないかとかんがえていた。

この種の資料館にきたとき、踏みつけられた痛みしか記憶にとどめようとしないのではないかというおもいが、わたしの中にある。やられたことを言い伝えるよりも、やったことを伝え続けるほうが、不謹慎かもしれないが、人の心にインパクトを与えるのではないか。そのほうが相手への痛みが届くのではないかとおもっている。

戦争のことを数頁で終わらせる教科書、なぜ広島や長崎に原爆が投下されたり、沖縄が戦火にまみれたかということを教えられなくなっている者たちが多くなっているのに、ただこういうことがあったということだけを展示しているだけでは時代とともに風化していくのではないかと、似たような資料館に行くたびに複雑な気持ちになる。

そんなことをかんがえながら人波に流されていると、四歳になったばかりのひょうきんな息子が、ただれたこどもの蠟人形をみつめながら、おれ、おばけ屋敷なんかちぃーとも怖くないよ、と緊張した目でわたしを見上げていた。握っている小さな手は汗ばんでいた。

外に出て、息子に戦争の話をしてやると、ぼく知っているよ、エクシー・ドラフトの戦いみたいのだよと目を輝かせた。いつもビデオで劇画ばかり見ている息子が、興奮して、わたしに闘いだと言ってむかってくる姿を思い出し、改めて複雑な気持ちになった。

すると沈黙していた母が、気分がわるくなりうずくまってしまった。どうしたのと訊くと、死体を片づけていたときの異臭が思い出され、気分がわるくなったのだと言った。わたしと妻は顔を見合わせた。気丈夫な母の嘔吐《おうと》のほうが生々しかった。

その後、彼女は一日中ぐったりしていて、雨にも降られさんざんだったが、あちこちの資料館で展示されたものを見るより彼女の姿のほうがリアルだった。

若くして父に先立たれ、あまり幸福だとはおもえない一生だった彼女は、被災者にもならず生を全うしようとしているが、本当は運のいい幸福な人間なのではないかとおもえてきた。

そして彼女があの日帰郷しなければ、わたしも息子もこの世に存在していないのだとかんがえると、なんだか年老いて細くなった老母に手を合わせたくなった。

# 春がきた

*1997.4*

春がきた。空が澄みはじめた。木々に勢いが出てきたし、近くの大学に通う若い女性たちの服装もあかるくなってきた。アスファルトの割れ目からも草木の芽が伸び出し、庭先の隅にはふきのとうも出ている。陽なたぼっこをする近所の猫にも余裕がある。季節がよくなってくると心もおだやかになってくる。

上級生の卒業式があり、はやく学校から戻ってきた息子は、玄関先に鞄を放り投げ飛び出した。いつもはゲーム機ばかりいじっている彼も、春の陽気に誘われるように外で遊んでいる。パッチワークをしていた妻も庭先に出て雑草を抜いている。

「春はいいよな」とわたしは閉めきっていた自分の部屋を開け、階下に下りて言う。後ろむきの彼女は、唐突に言ったわたしの言葉が理解できず、えっと訊き返した。日本は本当にいい国だよなと言うと、そうよねと怪訝《けげん》な顔をむけたまま応じた。

日光があり水があると、季節がまわってくるたびに草木は生え実をつける。山もある。海もある。台風もあるし雪も降る。絶対に豊かな国だよなと言うと、妻はもういちどそうよねーと気のない返事をした。

「日本が貧しい国だというと怒りだす人がいるんじゃないのか。砂漠ばかりの国の人は、国を取り換えてくれと言うかもしれんな」

わたしが芽の出始めた木をながめながら言うと、妻は惚《ほう》けた顔をむけ、大丈夫ですか？　と問いかけた。

「なにが？」

「春は陽気になって変になる人がいるというじゃないですか。飲みすぎてばかりいるし」

春は無口な妻まで饒舌《じょうぜつ》にする。わたしは返答に困り口をつぐむ。団塊の世代の自分は、季節でいえばもう春はとっくにすぎているとおもうが、なにか言うと切り返されそうなので、小枝を飛んでいるめじろをみつめた。

# 親の勝手

1997.11

二十年以上も海水浴に行ったことがなかったのに、今年は九十九里の海に六度も行った。九月の終わりまで出かけ、だれもいない海に浮かんでいた。ばかなことをやっているると妻はあきれていたが、小学校二年生の息子は、学校を休んでおれも行くと言い、おとなはいいよなとうらやましがっていた。こどもよりおとなのほうが楽に決まっているだろと言うと、石頭の息子は頭突きを食らわせ逃げた。

実際、このごろのこどもは大変だなとおもう。勉強はしなくてはいけない。体もきたえなくてはいけない。親にはああだこうだと言われる。どう生きたって大差ないのに、親の注文を受け入れなければいけないよわい立場にある。

ストレスもずいぶんとたまっているのだろうと同情したくなる。親がおなじようなことをやらされたら、たぶん参ってしまうのではないか。

以前息子に、おとなになったらおもしろいことがたくさんあるからなと言うと、どういうふうにと訊き返してきた。毎日学校に行って勉強をしなくていいし、お酒も飲める。夜遅く帰ってきても怒られないし、好きなところにも行けると言うと、息子ははやくおとなになりたいと目を輝かせた。

そんなことを一緒に行った友人に話すと、人と競争しなければ気楽に生きていけるのになとわらった。それからいつものように人気のない海の家に入り、夏場と違い安くなったはまぐりやほっき貝を焼き、潮騒を聞きながらビールを飲んだ。

この愉しみを覚えて季節外れの海にきていることは、おたがいに気づいているのだがだまっている。息子にはとてもこの味を教えるわけにはいかないなと言うと、友人は中年太りの腹をさすりながらもういちどわらった。自堕落な親を見て、安心して生きてもらえればありがたいと都合のいいことを言って飲む酒は、また格別な味がする。

# 初代反面教師

1998.4

こどもの頃、大相撲がはじまると父とふたりで賭けをしながら見ていた。対戦ごとに十円ずつ賭け、勝つとうれしいので夢中になった。おかげで相撲取りの名前や取り口はくわしくなった。わたしは房錦や若乃花のファンだった。

そんな親子を見て母は顔をしかめていた。父は気にもせず、おとなになって博打《ばくち》をやることがあるかもしれないから、いまのうちに覚えておいたほうがいいんだと愉しんでいた。

ある日、わたしが大きく負けると、父はそのお金で酒を買ってこさせおいしそうに飲んだ。わたしは冷たい親だとおもった。彼は酒を飲みながら、博打《ばくち》というものは勝っても負けてもいやなおもいをするものだからなと言い、なんでも注意をしてやれと教えた。

なにをやってもだめだとは言わず、嘘をつくな、よわい者いじめをするな、人のものを盗むなと教えられた。親が本気で言っていたことをすっかり忘れ、でたらめに生きていた。しかしよわい者いじめと仲間同士の賭事だけはやっていない。いまでもそれだけは誉められたいという気持ちがある。

父は世間からみれば少し常軌を逸脱したような男だった。戦争に行き、性格が変わってしまったと祖母は嘆いていたが、息子のわたしに好き勝手に生きろと言っていた。なにをやってもたいしたことはないし、どんなことがあってもたかが知れていると言った。

父が働いているのを見たことがなく、商売は母が仕切っていた。魚をさばくのがうまかった彼は、昼間から人を集めて酒を飲んでいるような男だった。酔うと若い男を柱にしがみつかせ蝉の鳴き声の真似をさせた。

こどもだったわたしはそれを見てよろこんだ。戦争に行きどんなことがあったのか知らないし、陽気にしていた裏側にどんな哀しみがあったのかもわからないが、いつも馬鹿騒ぎをやっていた。

そして幼いわたしの頭を撫で、こいつが大きくなって一緒に酒を飲むのがおれの愉しみだと言っていた父は、わたしが小学校高学年のときに親よりもはやく死んだ。せっかく戦争から命拾いして帰ってきて、これからなのにと言った家族の言葉が、わたしの耳の奥にこびりついている。

小説を書くようになって、父の生き方がしきりに思い出されるようになった。四十になり、あきらめていた息子ができ、最近は父とすごした短い日々をよく思い出す。息子には彼が言っていた言葉を教えているが、彼が言っていたのは、いいことを知るためにはわるいことも知らなければいけないのだぞ、と教えていたようにこの頃はかんじる。

お金にもならない文学を目指し、大きな賭けをやるような人生を送っているが、死んだ人間と思い出は遠い昔のほうがあざやかによみがえってくる。母も親戚も父のことをわるく言わないのが、息子のわたしにとってなによりもうれしい。

# 富士は天才

1999.10

この夏、息子と富士山に登ろうと約束していたが、果たせなかったので高尾山に行くことにした。息子は、町内の会合があるという妻に、おれたちは男同士で行ってくるからさと陽気に言い、小遣いで買った井上陽水のＣＤを持って出かけた。途中ずっと聴いていて、わたしはいささかうんざりしていた。

「お父さん、この人、天才だよな」

なんでも天才だと言うのが口癖になっている息子は、声をはずませて言った。彼はわたしが持っていた古いテープを聴いて気に入ったらしい。井上陽水の曲が十歳のこどもの感性にどう響いたのかわからないが、出かけるときには必ず持ち出して聴く。

中央高速の府中あたりにくると富士山が見えた。遠い昔、郷里と東京を行き帰りしているときに、車窓から見る雄大な山をながめ、自分の人生はどうなるのかというぼんやりとした不安と、それを打ち消すためにがんばらねばならないという気持ちになったことを思い出す。

父親が早死にし、ふたりの弟妹はまだ大学生だった。小説を書いて生きたいと悩んでいたが、苦労をかけた母親を前に、そういう気持ちになってはいけないのだとおもっていた。彼女は目を患い失明状態だった。そんな母親に思い切って言うと、真っ当に生きるのが一番だと見えない目で泣かれた。

その後、数年間、わたしは家族とも連絡をとらず都会をふらふらとしていた。生きることにも迷っていた。そんなとき乏しいお金を持ってよく富士を見に行った。

「ねえ、お父さん。野球選手になって神宮球場に出るには、どうすればいいの?」

息子は唐突に訊いた。高速道路から見える府中競馬場を球場と勘違いしたらしい。彼は幼い頃ヤクルトを飲んでいたのでヤクルトファンだ。最近、町のリトルリーグの監督とコーチが家にやってきて、ピッチャーをやらないかと誘われていた。地元のサッカーチームに入り県大会に出場することになった息子は、どちらもやりたいと思案しているが心は野球のほうに傾いているようだ。

「六大学に入ればいいんだよ」

わたしがそう言うと、中学に入って勉強しないで野球ばかりできるところはどこかと尋ねた。どうやら楽をすることばかりかんがえている。そのことをからかうと、おれは勉強がきらいだからなとわらった。

勉強というのは強いて勉めると書くから、少々無理をしなければいけない、きらいなことをやっても伸びないしストレスがたまると言うと、相手は、だからおれは勉強をしないのだと胸を張った。

すかさずこちらは授業の業という字は仕事という意味で、こどもの仕事は勉強で、それを先生に授かっているのだから、まじめに聴いていなければならないのだとしゃべった。

「それじゃ、おれ、塾に行こうかな。私立中学に入れば、高校も大学も勉強しなくても、野球をやれるんだよな?」

息子は自分の妙案に目を輝かせた。

「よせよ。無理するな」

「その大学の中学に行けば、野球ばっかりできるんだろ?」

ふだん自分のおもうように生きればいいと言っているわたしは言葉につまった。相手はわたしの顔をみつめ返答を待っている。

「おい、富士山だ」

「ずるいぞ」

息子は話をずらした親に怒ったが、前方のしろい雪をかぶった富士にしばらく目をむけていた。

「お父さん、富士山は天才だよな」

わが子はわけのわからないことを言った。彼の心の中にどういう感情が行き来したのか。そしてわたしが富士をどういう気持ちで見ていたのか知るまい。親が持っている心の痛みも理解できないだろう。人生に哀しみはたくさんある。生きていくことが孤独を癒《いや》すことだと気づいてもいないだろう。

彼がなにをかんじてそう言ったのかわからないが、わたしはたぶんなと応えてやった。息子は絶対にそうだよと強気な口調で言った。来年は登ろうなと言うと小指を出してにやついた。おとなの哀しみを知るまでにはまだ間がある。無邪気なものだ。わらう息子の顔を見て、わたしのおもいが少しだけ通じた気がして、澄んだ富士のように心が晴れていくのをかんじた。

# 二月の凪

2000.2

一週間ぶりに帰宅すると、小学校三年生になる息子がおうと声をかけ、どこに行っていたんだよと訊いてきた。函館と応えると、ずるいぞ、いつもひとりでとなついてきた。庭先の犬もわたしに尻尾を振っている。

まだ家族の中で存在感があるのかと妻を盗み見すると、留守をしていたわりにはわるい雰囲気ではない。後ろめたさが背筋を走る。やがて彼らに追い出される日がくるだろうというおもいがわたしの中にはある。多くの文学関係者にお世話になって生きているのに、生活も顧みず若い頃からの放浪癖がいまだに直らない。

妻はなにをやっても小言を言わない。わたしはそれをいいことに糸の切れた凧のようにふらふらしている。できのわるい男親ならいないほうがいいし、立派な親より反面教師の親のほうがこどもはよく育つはずだと勝手にかんがえ、あちこちをうろつきまわっている。

「元気にしてたか」

「お母さんと喧嘩《けんか》ばかりしていた」

喧嘩をするということは自我が目覚めてきたということだ。いいかわるいかは別にして、自分でものごとをかんがえられるようになってきたとおもえば、親子喧嘩も愉しいというものだ。

「おれの言うことを全然聞いてくれないんだよ」

どうやら息子は自分に負い目があるとわかっているのか、わらいながら応えた。妻になにかおねだりをして断られたらしい。

「ねえ、お父さん。好きな人がいたことがある？」

息子は突然尋ねた。

「あるさ」

わたしは戸惑い答えた。

「本当?」

「おまえは?」

「ねえよ」

息子は恥ずかしそうに目をそらした。どうやら人を恋うるようになったらしい。

「お母さんより」

「まあな」

わたしは食器を洗っている妻に聞こえないように声を潜め、唇に人差し指をあてた。

「どんな人?」

息子も声を落し興味深そうに訊いた。

「忘れた」

「ずるいぞ」

酒ばかり飲んでいいかげんな親に映っているだろうが、わたしにだって消えぬ面影のひとつやふたつはある。歳とともに心に浮かぶがどうなるものでもない。人は郷愁と孤独の中に生きている。それを癒《いや》してくれるのが思い出というものだ。息子にはもったいなくて話せない。

「好きな女の子がいるのか？」

「いねえよ。そんなの」

「もてるか？」

「全然。おれは女がきらいだから」

息子は視線を合わせずぶっきらぼうに言った。

「勉強ができるよりも、女の子にもてたほうがいいんだぞ」

こどもを相手に説教をするつもりはないが、からかうように言うと相手は怪訝な顔つきをむけた。

「女の子を好きになったら、わくわくしたりどきどきしたりするだろ？　きらわれたら悔しかったり見返してやろうとおもったりするだろ？　そうするといろいろかんがえたりして心が豊かになる。だからいいんだよ」

「わかんねえよ」

息子はてれくさそうに言った。わが子なら感受性のつよい人間になってもらいたい。そのほうが人間的魅力に富んでいるはずだ。そんなことをおもい息子を見なおすとよわい溜め息がもれた。もう戻ることのできないというあきらめの溜め息だ。

「そこ、どうした？」

わたしは息子の頬にひっかき傷があるのを見て訊ねた。

「喧嘩した」

「負けたのか」

「むこうが先に泣いた」

息子はふてくされ気味に目を伏せた。

「よわい者いじめをするなよ。女の子を泣かすなよ」

「してるかもしれない。女のほうが断然つよいんだぞ」

「人をいじめたりしたら承知しないぞ」

わたしは怒ったふりをして言う。人はみな孤独の中に生きている。相手をのけ者にしたりいじめたりするということは、その人を余計に孤独に陥《おとしい》れるということだ。

「孤独ってなんだよお」

「淋しくなるということだ」

「うるさいんだよな」

息子はゲームボーイをいじりながらおとなびた口調で返答した。歳を重ねれば重ねるほど孤独が増すということを知らないだろう。それがおとなになるということだ。

尻尾を振り続ける犬を見ていると、妻が犬が心配していましたよと台所から言った。きみたちは違うのかと言いかけて言葉をとめた。言えば切り返されるのがおちだ。

マフラーを首に巻き鎖を持ち出すと犬が飛びかかってきた。わたしに疑いの目をむけずにじゃれてくるのはおまえだけだ。そう言いながら撫でていると、息子がなんだよおと文句を言い背中を押した。

息子はサッカーボールを蹴りながら農道を走っている。乙女の雌犬もボールを追いかけている。家族にあまえじゃれているのはふと自分のほうではないかとかんじると、二月の風が一層冷たかった。

心に吹く孤独の風は家族がいてもどこに行っても、寒風にさらされる小波のように走り抜ける。やがて春だがぬくもることがあるのか。田圃《たんぼ》のむこうで息子と犬が立ちどまり、じっとわたしをみつめている。はやくこいよと言う息子の声が、ひきつるように泣いて逃げる風に消されていた。

# 二代目反面教師

2000.2

十歳の息子がくるぶしを骨折した。校庭でサッカーをしているときに凹地で足を捻ったらしいが、三カ月経ってもギブスが外せない。途中二度はしゃぎすぎてよけいに痛めた。本人はいたってのんきだったが、ギブスを取り細くなった足を見て顔色が変わった。

「やばいよな、おれ。元通りになるかな？」

息子はさすがに心配して訊いた。

「自分の足だからよくかんがえたほうがいいぞ」

わたしは今度悪化させたらよくないだろうとおもい、まじめに言った。相手は筋肉が落ちた足を見てだまっていたが、じきに元気を取り戻し、お父さん、おれ、ストレスがたまっているからちょっと解消してくるよと言って、自分の部屋にむかった。テレビゲームをやるつもりだ。

「おまえねえ、ストレスってどういうことか知っているのか」

相手は少し思案するふりをして知らねえと苦笑いをし、上級生はみんなそう言っているぞと言った。近所はわたしがひそかに銀行員通りと名づけているように、彼らの家族が多い。そしてみなよく勉強をさせている。外であまり遊ばず気分転換にゲームをやるらしい。

「いろんなことでいらいらすることだよ。そんなことがあるのか」

「ねえ」

以前、妻は、担任の教師から息子の言葉遣いがいちばんわるいとわられたと言った。わたしは気にしなくていいと答えた。好きな女の子ができたり、自分がまずいとおもえば勝手に直すはずだ。心配すればきりがないし疲れるだけだ。それに言葉遣いは男親の遺伝だ。

「おい。ちょっときな」

わたしがそのときのことを思い出し息子を呼びとめると、注意されるとおもったのか、なんだよおと文句を言った。

「優しいという字を知ってるか」

「知らねえ」

わたしは紙にその字を書き、人と憂《うれ》うという字に分けた。人という字は先生が支え合うことだと言っていただろ、憂うという字は心配するという意味だ、だから優しいということは人のことを心配してやることだと、遠い昔、お世話になった人に教えてもらったことを話した。息子は、お母さんと全然違うじゃないかと言った。妻の名前は優子という。

「そうだよな。おれもおまえもかわいそうだな」とおもわず言うと、息子はよろこび、な、な、と表情をくずした。それからわたしとしゃべりたいとでもかんじたのか、ゲームをやらず、おれも塾に行こうかなと言った。よせよと言うと、どうしてと訊き返した。

「目がわるくなったら親の責任だろ？　そっちのほうが問題だ」

　息子はこちらの言っていることがわからない様子だったが、おれはスポーツで大学に行くんだからなとわらった。彼はヤクルトファンなので、将来は神宮球場で試合をしてプロ野球選手になるのだと言っている。それがだめならもんじゃ焼きの店か寿司屋をやるのだと言う。夢を見れるこどもの目は美しい。こちらからくじけさすこともあるまい。がんばれよとわたしは激励した。

　どう生きようと愉しくおもえばいいいし、自分の才能に一切をかける人間になればいい。才能は忍耐だと気づいたところから苦しみがはじまる。好きなことをやって、それで家族を養っていけば誰も文句は言わない。わたしの仕事が息子の稼業になるわけではないから、生きる道は勝手に探してもらうしかない。

　そんなことをかんがえていると、息子がにやつきながらゲームはやめたからバッティングセンターに行こうとねだった。足がわるいのにとわたしが言うと、ああ、ストレスがたまった、ストレスがたまったと大声を上げてテレビゲームをやりだした。

　そのやりとりを見ていた妻がいいんですかと言った。どう育ててもこどもは成長する。

昼間から酒を飲むわたしは自分にあまい。だらしがなく反面教師にはなっているはずだ。転んでも起きればまた歩ける。屁理屈の多い人間になったらどうするんですか。妻の言うことにも一理はある。そうなったらまたそのときだ。やったあ、とよろこぶ息子の声がすると妻は苦笑していた。

# 梅雨空の国

2001.8

小説が書けなくなり窓の外をながめていると、四年前に息子が拾ってきた犬が木陰に入って寝そべり喘《あえ》いでいる。相手はわたしに気づくとけだるそうに起き上がり四肢を踏張《ふんば》って欠伸《あくび》をした。

おまえも大変だな、暑いのに毛皮を着てと声をかけると尻尾を振った。相手はこちらが餌を与えることを知っていてすぐに寄ってくる。だから太ってしまうのだと妻に叱られているが、訴えるような目でみつめられるとついやさしくなってしまう。

それに犬にはずいぶんと借りがある。いちばん新しい『極楽家族』という小説集には彼女との生活を書かせてもらったし、一緒に散歩もするのでその後に飲むビールもうまい。感謝しているしよろこぶ姿を見たいのもわたしのほうだ。

犬は人間のように複雑な感情を持っていない。怒れば唸《うな》るし恐ければ尻尾を巻く。うれしければ尻尾を振る。素直でいい。哀しくてもわらう、うれしくても泣く、怒っても愛想わらいをするときがある人間とは違い、あつかいやすいし単純でかわいい。なつくがあまえがない。こちらの言うことをきかない家族とは心根が違う。妻や息子は、自分だけかわいがって好かれようとしていると悪態をつくが、聞こえないふりをする。

散歩に出ればつながれている犬を不憫《ふびん》におもい放してやる。確かに彼女に対してはやさしすぎる。付近は田圃《たんぼ》が多く、その農道に解放すると元気に走りまわっている。犬も人間も自由なのがいちばんだ。

先日、彼女を遊ばせているのを近所の主婦に見つかり、それから挨拶をしても無視されるようになった。こちらがわるいので恐縮するしかないが、露骨な態度はあまりかんじのいいものではない。

それでなくても昼間うろついているわたしは不審な目で見られている。会社を解雇になった失業者だとおもわれている節もあるし、近頃、界隈で頻繁《ひんぱん》に多発している窃盗一味の、下見ではないかと勘繰られているようでもある。

先日も真っ昼間に、玄関から堂々と金目のものを運び出された家もある。妻の情報によれば、カメラやテレビ、電話機やふるい扇風機まで盗まれたらしい。妻はわたしが不審者としてマークされているみたいだとわらった。

日本もいよいよその国のように、自分たちへの危険は自分たちで守らなければならない環境になってきた。田舎育ちのわたしは寝るときの戸締まり以外、鍵をかける習慣はなかったが、昨今はそういうことではいけないらしい。

政治家の言動のなさけなさや、景気の後退による人心の不安などが世の中を殺伐《さつばつ》とさせているところもあるのだろうが、魚は頭が腐れば尻尾も腐るというたとえとおなじで、衿《えり》を正さなければいけない者が正さず、魂のない言葉をいくら連呼しても誰にも届かない。逆に愛想を尽かされるし信頼を失う。

政治家は言葉によって民衆を導くものだが、温かみのある「言葉」を持った人間や、将来を見据えて力強い「言葉」を持つ政治家は少ない。いまのような状態が続けば世の中はますます乱れてきて、いよいよ隣りに住む人間すら信用できなくなる時代がくるのではないかと危惧するが、その予兆はとうにはじまっている。おびただしい窃盗や、毎日と言っていいほどの残忍な事件の報道は世の中の乱れを映し出している。社会も人間関係も梅雨空のように憂鬱《ゆううつ》だ。

たわいないことをかんがえている日常だが、つい先だって散歩帰りの妻と庭先で話をしていると、わたしの姿を見てそっぽをむいていた例の主婦が、妻と顔見知りなのか、あーら、奥さん、ご主人だったんですかとあまい声を上げ会釈をした。

わたしは拍子抜けしてつくりわらいをしたが、足元の犬がわんと一声叱責《しっせき》するように啼《な》いた。犬のほうがよく知っていた。よしよし、と宥《なだ》めたつもりだったが、相手にはこちらがよくやったと犬を誉めたとおもったのか、またするどい視線をむけた。

日本はやっぱりだんだんと恐い人間が増えているとかんじた。そして自分も、本当は吠えた犬を誉めたのではないかと錯覚したが、こちらも根性がわるくなってきたのかと苦笑いした。

# 図書館好き

2001.9

わたしは図書館が好きだ。いまでも旅先に出ると知らない町の図書館に入ることがあるが、こどもたちが静かに本を読んでいる姿を見ると心がほぐれてくる。一生持ち歩ける知識に値する財産はない。それを図書館は無料で貸し出してくれる。

正岡子規は知識を得るために学問をし、活眼しなさいと言った。活眼とはものごとの真相や道理を見抜く見識のことで、それを養い、世の中や人のために貢献しなさいと説《と》いた。

明治の国家を背負ったエリートたちのような気負いはいまは少ないが、書物を読むか読まないかで知識は大幅に違ってくる。そういう意味では図書館は知識を得るための宝庫だ。

以前は近くに住んでいたので、浦安図書館に毎日のように通った。近頃は地元ではないが千葉ニュータウンの白井図書館によく行く。浦安図書館よりは狭いが働く人たちの応対がいい。

地元の人間ではないこちらは妻の貸し出しカードで頻繁《ひんぱん》に借りている。図書館は司書の知識で、いい本があるところとそうでないところが顕著《けんちょ》にわかれるが、目配り次第でいい本が揃《そろ》う。良書を幅広く入れてもらいたいとおもっている。

夏休みになり、わが息子も図書館に通うようになった。どういう心境の変化なのか。近頃は書物に親しむことを覚えはじめたようだ。乱暴者だったわたしも中学生の頃から図書館に通いだし性格もずいぶんと変わった。

息子に、今度、おまえが生まれた町の図書館に行ってみようかと言うと、おう、行こうぜと言った。浦安図書館はわたしを作家にしてくれたところでもあるのだ。白井の図書館とどっちがいい？　と息子は興味深そうに訊いた。どっちもいいさ。わるい図書館なんてあるはずがない。

約束しようぜと息子が言ったので、おう、と相手の口振りを真似して応えてやった。へたな旅行より図書館めぐりのほうがいい。静かでゆったりとした時間の中に身を置けば、心も落ち着くし豊かな気分にもなってくる。

# 漱石の墓

2001.10

先日、息子と、わたしたちが住んでいる八千代市から東池袋まで出かけた。その少し前、息子がわたしの部屋を開け、夏目漱石という人を知っているかと訊いてきた。

もとよりこちらも小説家の端くれだから知らないはずがない。少年時代に、床にコールタールを塗った田舎の図書館で彼の小説をいくつも読んだ。そこで好きな女の子もできたので甘酸《あまず》っぱい思い出もある。アルバイトをして全集も買った。夏目漱石はわたしにとって特別な人間なのだ。

妙だなとおもっていると、最近の彼は授業前の読書時間で小説を読まされているらしい。大江健三郎を知っているか、三木卓を知っているか、おれとおなじ名前なんだぞと偉そうに言った。こちらがつけた名前じゃないか。息子は「濯」と書いてそのまま「たく」と読む。

彼の名前は役所に届けに行くまでは、身内に「湧《わく》」と呼ばれていた。泉が湧く、知恵が湧くの「わく」である。わたしは家族が見守る中ひとりで市役所に行った。そこで彼の名前を用紙に書き込み、窓口の女性に手渡すと、「湧」という文字は未登録で、つけられないのだと申し訳なさそうに言われた。理由を訊くと、当用漢字に入っておらず、どうしても「わく」という名前をつけたければ漢字を代えるしかないと告げられた。

こちらはおどろき、それでは言葉の持つ意味がないとおもい家に戻った。集まっていた妻や彼女の両親にそのことを伝えると、わたし以上に動揺し言葉を失った。どうするのかと言うのをなだめ、わたしは自室に行き必死に辞書をめくった。

似たような名前はないかと探すと、「濯」という字が目に飛び込んできた。すすぐという字で、汚れた物を体を使って洗い清めるという意味がある。「体を使う」というところに心が動き、心を清めるということなら「浄」という文字があり、わたしの親戚にもいる。それよりもいやなことを率先して洗い流す「濯」のほうがいい気がした。語呂も「湧」に似ていて呼び捨てにもしやすい。

わたしはその名前にしようと決め、妻たちに話すと彼女たちはまた絶句した。義父は洗濯屋の濯ちゃんかとにが笑いし、義母はもっとゆっくりとかんがえたほうがいいと促したが、役所がもうじき閉まる。わたしがこれでいいと出かけようとすると妻は呆然と見送っていた。

登録して戻ると、彼女たちはくらい表情で本当にそうしたのかと訊き、こちらがうなずくと顔を見合わせた。それから親戚じゅうが親の間抜けさと、変な名前をつけたと言い合い、いつまでも「濯」という名前ではなく「湧」と息子を呼んでいた。いちど脳裏に刻まれた記憶はなかなか消せないのだと、わたしはにやついた。

そのうち息子とのことをあちこちに書き、そのひとつが朝日新聞に掲載されると、ある出版社の若い女性から電話があり、作品をまとめさせてくれと言ってきた。わたしはエッセイ集を出すのはまだはやいとかんじていたのでお断わりしたが、なんども電話をいただき、彼女の熱意をありがたくおもって、出すことにした。

それが『息子の名は濯』という本だが、すると身内の評価が急に変わり、彼の名前はいい名前だということになった。人は自分の言ったことをすぐに忘れるし、ものごとの判断基準なんかいつもいいかげんで曖昧《あいまい》だ。なんでも慣れさえすれば昔のことはみな忘却の彼方《かなた》だ。

息子がろくに勉強ができないのもこちらが無関心だからだが、国語ができませんと教師に言われたのは少しはこたえた。言葉や文字こそが人間の偉大な「発明」だとおもい、そこからさまざまなことが派生していると信じている者からみれば、彼の国語力不足は問題でもある。知能指数より感情指数の高い人間になってもらいたいと願っている親にすれば、もう少し書物に興味を持ち感受性を養ってもらいたい。

漱石の話をする前も三木卓という小説家を知っているかと訊いてきた。自分とおなじ名前だから気になっているらしい。こちらが知っていると言っても信用しない。嘘だ、嘘だと挑発する。

わたしもこどもの揶揄《やゆ》に乗せられて、それなら電話をしてみようかと言っても冗談だとおもい信用しない。そこまでからかわれてはこちらも親としての自尊心がある。夜、遅かったが三木卓氏の自宅に電話を入れ、理由を話すとわらわれ、息子と代わることになった。

受話器を耳に当てるなり、わが息子はいままで悪態をついていたことも忘れて体を硬張《こわば》らせていた。はい、とか、いいえ、とか、緊張した声で応え、聞いたこともない敬語を使っている。やがて話をした彼は頰を紅潮させ受話器をこちらに渡した。

わたしはお礼を言って電話を切ったが、数日後、息子に三木さんから色紙と著書が届いた。こちらはすっかり恐縮したが、彼はその色紙を大切に机の前に飾っている。その息子が夏目漱石を知っているかと訊いてくる。ありがたいことだ。こちらの罠にむこうから入ってくるようなものだ。

「それじゃ、漱石の墓を見に行くか」

「おう。行こうぜ」

相手は男親の性格に似て乗りやすい。わたしもおもいつきでものごとを運ぶ。それでずいぶんと失敗もしたが愉しいこともある。行き当たりばったりの自分の人生と一緒だ。

「知っているのか？」

「昔、行ったことがある」

「いつ？」

「二十六、七年前かな」

「大昔じゃないか」

十二歳の息子からみればそういうことになるが、こちらとしてはきのうの出来事のようだ。わたしが小説家になりたいと願い、どんなことがあってもやり通そうと決心した頃だ。

ろくに働かないのでじきに生活は破綻し、いつもおなかが減っていた気がする。お金もないので、読んでいた漱石の本を頼りに雑司ヶ谷墓地をうろついた。多くの文人たちの墓もあり、おもいがけない発見をしたようで心が踊った。その思い出をよみがえらせたくて行ってみたくなった。

「覚えているのか？」

「たぶんな」

妻はまたかと顔をしかめている。どうする？　と訊くと、わたしも行くと言う。それで三人で出かけたが、こちらは目的地に着くまで漱石の話を息子にして聞かせた。

彼がはじめは建築家志望だったこと、正岡子規と大学で仲間だったこと、その関係で松山に行き『坊っちゃん』を書いたこと、イギリスへ留学しても自室に閉じこもって書物ばかり読んで、それがのちに『我輩は猫である』を書くもとになったことなどをしゃべった。

息子は興味なさそうに聞いていたが、そのうち軽い寝息を立ててしまった。しかたなく妻と、漱石という名前は正岡子規が少年のときに使っていた俳号で、それを彼が使用しだしたということを話しながら千葉北インターから湾岸道路を走ったが、彼女も関心が乏しいのか相手にしてくれない。

こちらはせっかく漱石の墓を見に行くのだから、漱石という名前が「石を枕とし流れに漱《すす》ぐ」という中国の故事からきていることや、漱ぐという文字がすすぐということや、息子の濯という字もすすぐと読むのだという関連性をしゃべろうとしたが、気乗りがしなくなりやめた。

ひとりで運転しながら漱石のことをかんがえたが、こちらが彼を好きなのは勝手にやさしい人間だとおもっているからだ。実際、漱石は人の心を知っているのか心が行き届き面倒見もいい。わたしはどういう人間であれ、そういう感情が見えない人からは遠ざかる質《たち》だが、彼は実にやさしい。

養子に出され苦労したことも、あるいは小説家になろうとしても、ずいぶんとながい月日がかかっていたことが結果的には人の心の痛みを知ることになり、そのことが影響したのかもしれない。たくさんの門弟が集まったのは、漱石のやさしさを慕ってきたからだ。

久米正夫や芥川龍之介たちのことをかわいがったり、白樺派の武者小路実篤や志賀直哉を世に出そうとしたことは有名であるが、彼は多くの人たちに温《あたた》かく接している。弟子の就職を斡旋したり、金銭にはきびしい人間だが、生活に困っている者に高額なお金を貸したりもしている。

読者にもていねいな返事を書いているし、こどもたちの教育にも熱心だった。気配り目配りがよく届く人物なのである。精神の根底に相手をおもう気持ちがいつも流れていて、そこのところがわたしが漱石を好きなゆえんだ。ユーモアに富んだ作品も、生死をみつめた人間の描き方も、彼の心根のやさしさに負うものが大きい。

そして漱石は「羅生門」や「鼻」を次々に発表し、新進作家として認められていく芥川龍之介に、小説家の心構えとして、「あせってはいけません。頭を悪くしてはいけません。根気づくでお出でなさい。世の中には根気の前に頭を下げることを知っていますが、花火の前には一瞬の記憶しか与えてくれません。うんうん死ぬまで押すのです。（中略）牛は超然として押して行くのです。人間を押すのです」と書き記している。

書き手はあとからいくらでも出てくるから、気にせず牛のようにあきらめずに進め、そうすれば自分の文学が形づくられると諭《さと》している。そこには若い頃から文学を目指した漱石の志が見えてくる。

よけいな雑念を浮かべず、こつこつとやることが作品の名声を高め、文学を一生かけてやる者の基本的な姿勢が彼の言葉の中にある気がするが、それはいまも昔も変わらない決心のひとつだろう。

人の書いた作品にも色眼鏡で見ず作品を評しているし、文学上での立場は違えども島崎藤村の『破戒』を絶賛している。公平な人物なのだ。そしてまた漱石は、当時としてはめずらしい献体をしている。漱石が胃潰瘍で亡くなったとわかるのも献体をしたからであるし、そこにも彼が開明的な人間だったことをうかがうことができる。

今日の時代でさえ献体をする人間が少ないことをかんがえても、漱石の偉大さがわかる。作品が親しまれるのは樋口一葉や森鷗外ら、明治の文豪たちの文語口語体混じりの文章ではなく、口語体で書かれ読みやすいということもあるが、作品の底に温かい人柄やしっかりとものを見る視線をかんじるからではないか。人間がよく描かれているのだ。そこが現代のわたしたちを虜《とりこ》にして放さない。

やがて雑司ヶ谷墓地に着き、息子があちこちを探したが墓は見つからない。本当にこなのかとこちらに詰問する。間違いないと言っても疑う。わたしもどこにあったかどんな墓だったか忘れている。しかたなく管理室に行き、案内図をもらってふたたび探すと、息子があったぁと手招きした。

「でっけえ」

彼は周りの墓の数倍もある墓石を見て声を上げた。

「これかぁ」

「そうみたいだな」

追いついたこちらも記憶が戻ってこなくて見上げた。なんだよお、知らないのかと息子は自分が先に見つけたので顔をほころばせている。

「でかいよな」

「日本の文豪だからな」

わたしはそう呟いて以前と違う感慨を持った。数年前、シンガポールの日本人墓地に行ったとき、カラユキさんたちの小石のような墓を見たことがある。そばには軍人と二葉亭四迷の立派な墓が建立されていた。

それを見てわたしは複雑な気持ちになった。なぜか軍人と文人が見上げるような墓で、彼女たちは石に、ただなにちゃんの墓と書かれた戒名もないものだった。

人間は死んでまでも平等ではないのか、文人や軍人より国のために外貨を稼いでくれた彼女たちのほうが偉いのではないかと、せつないおもいになったことを思い出したが、夏目漱石の墓は彼らよりも立派だった。

その墓を建立された漱石がいちばん恥ずかしがっている気がし、こんな大きい墓をつくってもらうために小説を書いたのではない、と言いたそうにしているとかんじたが、それはこちらの思い込みだ。墓前で手を合わせ、欲張りにも文運隆盛を頼んだが、漱石は鼻白み怒った顔をしたはずだ。

「お父さん、坊っちゃんという小説を知っているか?」

「ああ」

「今度、おれ、学校で読むようにしているんだ」

なにも学校で順番を待って読まなくても、わたしの部屋にある。

「いい人だったんだろ?」

「どうして?」

「こんなにお墓が大きいじゃないか」

妻がわたしの顔を見て苦笑した。こちらも返答に困ってわらった。

「おもしろい?」

「読めるのか?」

「あたりまえだろ」

息子はませた口調で言った。どちらが先に見つけるか走って探していたので鼻の頭に小粒の汗が吹き出ている。

「どんな小説？」

「教えてやろうか」

漱石が松山に行ったのは失恋ではないかという説もあるし、東京での人間関係にくたびれたのではないかという話もある。正岡子規がその地にいるから心が動いたということもあろう。小説は人生の機微を知った者が読んだほうがいいのだと言いたかったが、相手がせっかく小説を読もうとしているのだから、なにも茶化すことはないかとおもってやめた。

「いいよ。わかるとおもしろくねえだろ」

相手は偉そうに言った。まったくその通りだ。小説家はなにがあっても作品化することができる。つらいとかんじていたことも哀しいとおもっていることも、いずれは財産となる。「負」の財産を「正」の財産にすることができる職業なのだ。

漱石が松山に行ったことも、教え子が自殺して自分のせいではないかと心を痛めたことも、イギリスに留学し自分の部屋に閉じこもって書物を読むことに明け暮れたことも、いずれも作品として立ち上がった。

「おい」

わたしが墓をまわっている息子を呼ぶと、なんだよお、と口を尖らせた。

「漱石の漱という字は、すすぐという意味なんだぞ」

「それが」

息子はこちらを相手にしない。

「おまえの濯という字も、すすぐという意味なんだぞ」

「本当?」

相手の感情が急にはなやいだ。彼の頭の中に、濯は三木卓の卓、濯は漱石の漱とおなじ意味だという感情が流れたようだった。

「漱石の漱は口をすすぐの意味で、濯は汚れを体を使ってすすぐという意味さ」

ただのこじつけに等しかったが、こちらは相手が少しでも興味を持てばという気持ちになった。それからいやなことがあっても自分で洗い流すのだと言う意味で、濯という名前をつけたのだと苦しい説明をした。

「わかっているよ」

息子は、てれているのか不貞腐《ふてくさ》れるように言い切った。よしよし。どう解釈しようが心に残ればいいのだ。読書をすれば知識はつく。読んでも活眼できないわたしのような親もいるが、鳶《とんび》から鷹が生まれるというたとえもある。

「お父さんも、もういちど読んでみようかな」

遠い昔のように心が洗われるかもしれない。

「じゃ、競争しようか」

国語の不得意な相手に負けるはずがない。

「いいぞ」

わたしは余裕を持って言ってやった。

「なんでもいつも途中でやめてしまうからな」

確かにわたしは飽きっぽい。小説を書くのは好きだからやめないだけだ。だからやせ我慢もできる。息子はだめな男親とでも約束ができたのがうれしいのか満足そうにわらっている。小説の中に哀しみやよろこびや、怒った人間や泣いている人間がたくさんいるということを知れば感性も育まれる。

漱石のようにやさしくなってくれれば、ちょっとくらい相手にするのはお安い御用だ。人間は孤独で淋しいからやさしくし合う。漱石の作品はそのことを癒してくれるから、わたしたちは読み続けているのだ。

# 好きなことなら努力もする

2001.11

先日、十二歳の息子が学校から戻ってくるなり、ねえ、お父さんの職業はなんなのさ、無職？　と訊いてきた。こちらは唐突に言われて返答に困った。どうやら同級生たちと親の職業をしゃべり合ったらしい。いつも家にいる親の職業をかんがえたことがなかったので、どう答えていいのかわからなかったらしい。

わたしは昼間からお酒を飲んでいるのもしばしばだし、乗り気でないときには惰眠をむさぼっている。息子に、まじめに生きろよと言っても、反対に、なにを言っていると切り返される立場だ。

こどもが育つにはいい環境ではないが、逆に反面教師になり、いい面もあるとおもい気楽に生きることにしている。あれをしてはいけない、これもしてはいけないとかんがえない。かんがえても知れているしストレスもたまる。息子にも好きにやってもらいたい。こちらはただ注意をしてやれよと言うだけだ。

そのせいかどうかわからないが、相手はわたしに似て飽きっぽい性格だ。水泳、サッカー、リトルリーグ、といろいろとやるが、みな長続きしない。いまは「趣味」で学習塾に通い愉しく遊んでいるようだ。

塾に行きたいと言ったときわたしはやめろと応えた。よその家はみんな行けと言うのに、どうしてうちの親はそんなことを言うんだ、変だ、おかしい、と散々に詰《なじ》られた。少しくらいの勉強をして視力が落ちたらどうする。こちらが真剣にそう言うと、相手はなにをかんがえているのだと言葉を失っていた。

机上の勉強が多少はできるようになっても、それが人生の役に立つとはおもえない。それよりも目がわるくなるほうが親の罪だ。

近頃のこどもは眼鏡をかけている者が多い。そうならないうちにはやくやめろ、将来、後悔してこちらに文句を言うなよと諭すが、わが息子は塾で遊んでいるだけだから取り越し苦労かと苦笑いするしかないが、世の中、なんだか変だぞとかんじるときがある。

やる気があれば、人間はなんとかなるんだからなと息子に言うこともある。それはわたしの苦い経験からきている。彼には偉そうなことを言うこちらも六年前まで会社勤めをしていて、小説を書くために時間がなく呻吟《しんぎん》していた。退職すれば生活の不安も襲ってくる。そんなことを思案し踏み切れないでいた。

おもいきって辞めてしまうと気が楽になった。かえって漲《みなぎ》ってくるものもあった。どんなことがあってもがんばっていれば、今日の日本では飢え死にすることはないのだと開き直ると、見えていなかったものも見えてくるようになった。小説を書く上にも大変役に立った。それからのわたしは息子には怠け者に見えているかもしれないが、実は必死にあひるの水掻《か》きをやっているのだ。

好きなことなら努力もする。少々のことがあっても苦痛ともおもわない。人生はどこでどうなるかわからない。後悔もするし落ち込むこともある。

それでもわたしたちが生きるのは、どんな人でも必死に生きる姿が美しく見えるからだ。わかっているのか、おい、とおとなぶる息子に言ってみたくなったが、できのよくない相手の頭には届くまい。賢くなるには知識だけではなく経験もいる。だから一生おまえに負けることはない、と言いかけたがそれもやめた。勝っても負けても高が知れている。

ビールを取り出して飲むと、おれもと言って相手もあまいものを飲んだ。よし、よし、気楽にやれ。いつか好きなことを見つければ人生の希望もわくし、やる気も出てくる。な、と言うと、まあな、とこちらの問いかけもわからずにやついていた。

# あんなのいんちきだよなあ

2001.12

小学校六年になる息子が、お父さん、狂牛病になる者は若い奴が多いと先生が言っていたぞと訴えるように言い、そうしたら家ではおれがいちばん危ないんだよな、もう牛肉は絶対に食べないからなと言った。こどもほどものごとに怯える。

「おまえ、そんなに長生きをしたいのか」

わたしはからかうように言う。

「まだ生まれて十二年だぞ。お父さんと違うだろ」

ま、そういうことだ。こちらからすればうらやましいかぎりだ。自分がおもえばなんでも叶う歳だ。はやくおとなになりたいなら代わってやりたいくらいだ。

「狂牛病って知っているだろ？」

息子は感情を昂《たかぶ》らせている。親をばかにするな。酒は飲んでいるがそのくらいの知識はある。それに少しは賢くなりたいとおもっていれば、どうすればいいかくらいは知っている。知識を積むか経験をするしかない。こどもがおとなに勝つには書物を読んで知識を得るしかない。無学でも年寄りが賢いのは経験を積んでいるからだ。そのどちらもまだ負けない。

「それでどうした？」

わたしはおとなのいやらしさで、相手の次の言葉を引き出そうとする。

「恐いよな？」

「もったいぶるなよ」

なにか秘密を持っているのか、息子は小鼻を膨《ふく》らませている。

「狂牛病が出た農家があるだろ。そこがどこか知っているか？」

「知らない」

「教えてやろうか」

「いいよ」

聞いたところでどうなるものでもない。それに大臣たちの肉を食べる姿を見て、毎度お馴染みの茶番をやっているなともおもい、反対に不愉快になっている。きのうの夜も息子と報道番組を見ているとその姿が映っていた。

「あんなのいんちきだよなあ。オーストラリアやカナダの肉かもしれないじゃないか。それに脳味噌をいっぱい食べるならいいけど、信用できないよ」

わたしはそれを聞いてそうだなとおもった。こどものほうがまだ賢い。確かに薄っぺらな肉切れをいくつか食べたところで、蟻が地球を動かそうとするようなものだ。信頼が回復するどころか、妙なパフォーマンスで反対に勘繰るようになる。

ものごとを明らかにせず隠蔽《いんぺい》しようとすると、よけいに猜疑《さいぎ》心は増すし不安になる。官僚や政治家への不信が募《つの》るばかりだ。国民は誰でもおもっていることだろうが、彼らはいったいどこに顔をむけているのか。公僕だということがまったく意識になく、不道徳な若者たちと大差はないのではないか。衿《えり》を正さなければならない人間がいちばん正していない。

「本当にいいのか」

息子は不満そうな表情をした。この息子もわがままで言葉遣いが乱暴だ。親のせいだと反省もするが、鶏のようにすぐに忘れてしまう。せめて犬の躾《しつけ》とおなじくらいはやらなければいけなかったか。

「県道沿いにあるだろ。そこがそうなんだ」

息子たちは白井の狂牛病が発生した場所を知っている。わたしたちが住んでいるところから車で、五、六分も走れば着くし、一時はそのそばのガソリンスタンドで給油をしていた。

白井町になっているが、千葉ニュータウン駅からさほど遠くない場所に牛舎はある。先日、妻と息子は通り道にながめたらしいが、彼はもういちど行きたいと言った。恐いもの見たさはおとなよりこどものほうがつよい。

「もういいよ」

わたしが拒むとなんだよおと言って遊びに出かけた。こちらもきのう興味本位で見てきた。散歩するには遠かったが犬を連れて歩いた。県道沿いの牛舎にはロープが張られ、いくつもの菊が献花されていた。

　牛舎には牛は一頭もおらず、みな処分されたのかひっそりとしていた。人影もなかった。わたしは経営者の心中をおもうと気が重くなった。誰に責任があるのかと突き詰めれば、今回のことは監督官庁の判断ミスと、ものごとに対する責任感のなさとが露呈した結果だが、いったいにこの責任を誰がとるのか。

　たぶんこのままでいけば、わたしたちは肉を食することが減るし、口にするものをいちいち思い出して食べていれば、とてもいい気持ちはしない。いまだに、かいわれ大根の需要が落ちていることをかんがえれば、今回の狂牛病事件はとてもすぐに解決するとはおもえない。倒産する会社やお店が続出してくるはずだ。政治家や官僚が想像しているよりも、もっと悲惨なことになるのではないか。

　わたしの手元には友人からもらった、狂牛病になりそうな危険な食品の一覧表がある。これをながめていると食べるものがないほどだ。政治家や官僚たちの焦りはわかるが、こういういざとなったときの対処のしかたに人間性が出てくるが、彼らが的確な対処をしているとはおもいにくい。

近くに問題の牛舎があるせいか、近所のこどもたちはすっかり怯えている。政治や報道に無関心な彼らさえ萎縮しているのだ。そういうことがあまりにも多すぎる。テロ、狂牛病、子殺し、不景気など世の中はくらい話ばかりだ。こどもや老人たちが豊かに暮らせないのは、決していい国ではないことはわかっているが、この国はだんだんと生きにくい国に戻っているのではないか。

# 急がぬ人生

2002.2

机の前にすわりぼんやりしていると、近頃はよく少年時代のことが脳裏をかすめる。何十年も忘れていたことが突然に思い出されてきておどろくが、ずいぶんといい歳になったなとかんじる。

わたしは戦後のベビーブーム世代の生まれで、年配の人たちにはその若さでなにを言っているとお叱りを受けそうだが、少年の頃を思い起こせば、立派な中年の、もういいおっちゃんなのだ。

からだにも脂肪が乗り歩く速度も遅くなってきた。頭髪にもしろいものが混じってきたし薄くもなった。妻には、まだ大丈夫ですよと慰められるが、「まだ」という言葉の中に同情がある気がするし、彼女のわたしを見る視線のつよさに猜疑心を覚える。疑い深くもなってきたし、ものごともいちいち確認するようになってきた。いましがた聞いたことでも忘れる。

それで妻は不愉快になり、なんどもおなじことを言わせないでくれと不満をもらす。力関係も少しずつ逆転して、そのうち敬語を使わなければ相手にしてくれない日がくるのではないか。あーあ。我が家ではとうの昔からわたしは濡れ落葉なのだ。

妻は、ぼけだしてきたんですかねえと半信半疑で顔をのぞくが、まだいやですよ、ぼけるならわたしのほうが先ですからねと言う。彼女の世話なんかできるはずがない。なんとしてもこちらが先にぼけなくてはと応じると、それなら、ぼけ合戦でもしますかとのんきに言った。

なにをやるにしても億劫で働きたくない。生業《なりわい》としている小説も書きたくない。椅子にすわって眠っていることもあるが、このままおさらばしてもいいなとおもうときがある。犬みたいですよ、とつながれている牝犬と見比べて妻はわらう。

拾ってきた雑種の犬は冬の日溜まりの中で一日じゅうまるまり、愉しみなんかなにもないわというふうに見上げる。

不自由しているんだろうな、とついかわいそうになり散歩に出かけてやる。冬の吹きさらしの冷たい風を受けながら農道を歩くが、みんなおまえのためだぞとわたしを引き連れて歩く犬に声をかける。

するとなにを言っているの、こうして面倒くさがり屋の人が散歩できるのはわたしのおかげでしょ、と言っている気がする。その声は妻の声の調子に似ていて、おお、こわ、とろくに知りもしない関西弁がおもわず口をつく。

四歳になったばかりの犬は、女盛りでお尻から後ろ足にかけてもっこりと肉づきがよく色気がある。おまえ、見せつけているんじゃないのか、こっちは人間さまなんだぞと言葉をあびせるが、なにか匂うのか、木枯らしにむかって鼻面をひくつかせている。それがまたわたしを小馬鹿にしているようにも見える。だんだんと妻に似てきているではないか。ひがみ根性も増してきた。

わたしはときどき犬や猫よりも、人間のほうが間抜けではないかとかんがえるときがある。あくせく働いて、結局、人生はただ生きて死ぬだけだと気づくだけだ。ものもいらない。欲も持たない。最後は健康でありますようにと祈るだけの人生だ。

少し我慢すれば犬のようにのんきに生きていけるし、かわいがってもらえる。どっちがいい生き方なのかと思案するが、そのおもいはいつも堂々巡りだ。

牝犬は、はやく歩けよというふうに遠くでふりかえってわたしを見ているが、急ぐなんてもうまっぴらだ。急がぬ人生がいいに決まっている。足元が見えるじゃないか。そうおもうと、ずいぶんと駆け足の人生だったなとかんじたがあとの祭りだ。

過ぎ去った時間は戻ってこないし、かろうじて後悔の気持ちを埋めてくれるのは思い出だけだ。田圃をぐるりとまわり、近くの新設の大学までくると、小さな花が咲いているのを目にした。梅の花だった。もう春かとおもうと、まだ今年ははじまったばかりだと気づいた。

こちらが見とれていると、牝犬は、なにをやっているの、はやく帰るわよと強引に引っ張る。縁側に陽が射しているのを思い出したのかもしれない。そこで陽なたぼっこをするのが彼女の愉しみだ。

わたしは犬にも命令されたような気持ちになり、おまえはまだ四度目の春だろ、こっちはもう五十二回目の春だぞと言うと、彼女はこちらを見上げてわらった気がした。犬と競ってもしかたがないか。春がまたきたことを素直によろこぶか。なあ、とわたしが同意を求めると、牝犬は相手にせず道端の花の匂いを嗅いでいた。わたしは彼女が春の匂いを堪能するまで、しかたなく立っていてやった。

# 男にもてる

2002.3

同級生だった写真家の友人と新宿のゴールデン街で飲んだ。昔はよく飲んでいたがさびれていたのでおどろいた。

息子が大学に入ったというのでお祝いをやり、おまえは？　と訊かれた。きのう小学校を卒業したと言うと、大きくなったかと訊ねた。わたしは、まあな、と応え、なまいきな息子を思い浮かべた。もらってきた卒業アルバムの添え書きには、喧嘩ばかりしていた、小学校は遊ぶところだとおもっていたとも書いてあった。

字もへただし絵もうまくない。クラスでいちばんへただと自慢していた。ただし「ねぐせ王」と「男にもてる」というコーナーにいちばん最初に入っていた。わたしはそれを見て、よし、よし、とおもった。勉強ができるよりも同性に好かれたほうが人生は愉しい。

おれたちもよくやったよな。同級生が言った。ああ、とわらうしかないほどふたりともよく喧嘩をした。非力なこどもが殴り合ったところでたいしたことはない。せいぜいこちらは注意をしながらやれと言うしかない。あっという間だったな。白髪が増えた同級生はにやついた。どう生きても大差ないということにようやく気づいたが、気づいただけましか。

そうおもっていると、隣の席でおなじように飲んでいた同世代の勤め帰りの男が、同僚に似た言葉を吐いていた。人生は結局、孤独を癒すために生きているようなもんだ。なにげなく言うと、聞いていたのか相手がわらった。ご時世で、彼らもわたしたちも生きにくくなってきた。まあ、いいか、と知らんぷりするしかない。

# 神々廻《ししば》ふらふら

2002.8

## まさかりに潰される金時

窓の外は雨が降っている。梅雨に入ったのか昨夜から降り続け、雨が屋根を叩く音ばかりが聞こえてきて、いつもなら囀《さえず》っている鳥たちの鳴き声も聞こえない。鬱陶《うっとう》しいともおもうが、たまには雨の音を聞くのもわるくはないなという気持ちになってくる。ふと自分が雨というものを意識したのはいつだったかとかんがえてみた。

小学生の低学年のときだった。わたしと弟は長雨に体を持て余し、家の中でプロレスごっこをやっていると、突然、半鐘の音が鳴り響くのを聞いた。雨の中を、鐘が鳴るほうに走って行くと、近くの溜め池の水量が増し濁流が渦巻いていた。

わたしの母親はよく寝物語に自分で創作した話を聞かせてくれていた。「八岐の大蛇《やまたおろち》」や「野口英世」の話だったり、「坂田金時」や小泉八雲の怪談ものだったりした。聞くたびに、少しずつ筋書きが違っていたのでおもしろく、寝る前にねだっていたが、その大きな渦を見て大蛇が隠れて暴れているのだとおもった。

八十歳になる母親は、いまでもユーモアがある愉快な人間だが、わたしがこうして小説家の端くれになっているのをかんがえると、彼女の聞かせてくれたいいかげんな筋書きの寝物語が役に立っているのではないかとおもうときがある。

自分が野口英世になり、あかくながい舌を出している大蛇に執拗《しつよう》に追いかけられている夢を見たし、坂田金時になったわたしが、重いまさかりに押しつぶされようとしている夢も見た。夢の中で人物がごちゃまぜになっているのだ。だから上流の山から流れ込んでくる濁流は、現実に大蛇がやってきたのだとおもった。

水門は開けっ放しになり激しく水を川に放出していたが、水嵩《みずかさ》は増すばかりだった。土地の男たちが雨合羽を着てたくさんの土嚢を運び積み上げていた。半鐘はいつまでも鳴り響き、わたしとおなじように近所のこどもたちが集まってきては、その光景を見て言葉を失っていた。

おとなたちはそれぞれに手分けして決壊を防ごうと努力していた。わたしは彼らの一部始終を見ていたが、溜め池の下流には同級生の家も何軒かあって、彼らの家はどうなるのかと心配していた。

やがて雨が小降りになり、排出水のほうが勝るようになり水嵩は少しずつ低くなりはじめた。おとなたちは安堵していたが引き上げようとはせず、寝ずの番をやる者たちを決めていた。

わたしはそこで会った仲間たちと遊ぶことにし、坂道を下って行くと、友人の家のあたりは水門から放出された水が溢れ、道路はプールのようになっていた。床上浸水になっている家もあり、おとなたちが腰まで浸かって家具を運びだしていた。

水が恐いと意識したのはそのときがはじめてだったが、わたしはそれ以降、地盤の低いところには住まないことにしている。周りの環境はなにも気にしないが水捌《は》けだけは気になる。こどもの頃の恐怖が意識の底にこびりついているのだろうが、水が恐いというのはほかにも知っている。

以前、目黒川の拡幅工事に従事したことがあるが、あの小さな川がほんのわずかの雨が降るだけで、数分もしないうちに山の手からの水が集まって増水することも知った。鉄砲水で一気に水が増し、流れがはやくなりなにもかも押しながされるのを見たことがある。下水がまだ完備されていないある町で、少量の雨が降るだけで床下浸水するのを目撃したこともある。

わたしは常々日本は、公共事業への税金を世界でいちばん投入しているが、先進国でもっとも汚い国だとかんがえている。下水道整備は遅れているし、視線を上げれば蜘蛛《くも》の巣のように危険物の電線が張り巡らされている。

税金が無駄に使われている見本のような国だが、民間にまかせっぱなしで勝手に街づくりをさせているから美観のわるい無節操な街ができあがる。

それもこれもわたしたちが政治に無関心で、政治家や一部の人間の暗躍を許してしまう土壌をつくり上げてしまったからで、後の祭りだ。美しい町並みが都会には少ないなとおもうが、いまさら言ってもしかたがないかという気持ちになる。

## 読めない地名

降る雨をながめながら勝手なおもいに耽っていると、息子が部屋に入ってきてこの字をなんて読むか知っているかと聞いてきた。相手が見せた雑記帳には「行々林《おどろばやし》」と「神々廻《ししば》」という漢字が書かれていた。

知っているさ、と咄嗟《とっさ》に答えてからわたしは返答ができなかった。どちらも家の近くにある地名で、目にすることもあるしバス停留所の名前もある。たまにしか乗らないので耳にしても忘れてしまう。それで読み方を思い出そうとしていると、息子は、はやく読めよとけしかける。ばかにされるのもしゃくでかんがえたが、いっこうにでてこない。

「まいったか」

相手は偉そうに言う。教師におもしろい名前を探してこいと言われているらしい。それでふたつの地名を思い浮かべたようだが、からかう矛先がこちらにむいてくるとはおもいもしなかった。

「なんだったけなあ」

わたしはむきになり、一層思案した。

「なーんにも知らないんだな」

相手は挑発的に言い、こちらが困っているのを愉しんでいる。

「ヒントをやろうか」

「いいよ」

「やるよ。こっちは、お、がつくんだろ」

息子は「行々林」を指差して言った。

「おどろばやし」

わたしは突然その読み方がよみがえってきておもわず声を上げた。息子は一瞬つまらなそうな表情をして、なんだ、知っているじゃねえかと言った。

「こっちは教えないからな」

「ししね、だ」

わたしは「神々廻」という文字をじっとながめて答えた。息子は、お、という声を洩らしてにやついた。

「おしい。ちょっと違うな」

「当たっているだろ」

わたしは十年前引っ越してきたときに、その文字がどういうふうに読むのか知りたくてしかたがなかった。神々が廻ると書いてなんと読ませるのか。文字こそが歴史をつくる。歴史は史（文）によって、ものごとを歴然と、つまりはっきりさせることである。なにか人間のおもいがこもっている地名ではないか。アイヌ語の当て字ではないか。古い文字に音読みから当て嵌《は》めたのではないかとひとりで愉しんでいた。何人かの地元の人に聞いたがいい回答を得られなかった。

歴史資料館の人に訊ねると、「廻り」という文字は、屋敷廻りという言葉からも集落の中心を意味し、あたりにはたくさんの神社があり、神々廻はその中心だったという説と、近くに昔、牧場があり、その周りを囲って猪や野犬、狼や山羊などの害獣を、貴い人たちが追い廻したという説があるのだと教えてくれた。害獣を獅子とも言ったらしい。

しかしどちらも要領を得なかった。老人が言うような、昔、この土地に多くの神様がやってきたから、つけられたのだという話よりも信憑《しんぴょう》性はあったが、結局のところはわからなかった。

「これ以上言わないぞ」

「いいぞ」

「じゃ、答えろよ」

わたしが思い出して、ししば、と言うと、息子は、なんだ知っているじゃないかと不満げに言った。

「なぜつけられたか知っているか？」

今度はわたしが切り返してやった。

「知らねえよ、そんなの」

昔、刺のある雑草のことをこのあたりでは「おどろ」と言ったし、草木が乱れ茂ったことも「おどろ」と言われていたのだと教えてやった。それから土地の人間が行けども行けども林ばかりなので、おどろいて「行々林」とつけたのだとも言うと、息子は、なんだよ、それ、といいかげんなことをしゃべるなという顔つきをした。

わたしたちは古来から言葉に魂を込める。いやな地名や場所だったら、読み方も変えるし当て字にもする。「神々廻」も「行々林」も、土地に住む人々がなにかの願いを込めた名前だ。「神々」や「行々」という文字にどんな願いがあったのかわからないが、残された文字からまた新しい歴史がはじまっていく。

「じゃ、行ってみるか」

「いまから？」

息子の目が輝いた。

「雨がまだ降っているぞ」

「かまわないだろ」

「だからお父さんはいいんだよな」

相手はいつもわたしの突飛《とっぴ》もない行動が気に入っている。こちらはこどもがひとりしかできなかった罪を、どこかにかんじているだけだ。雨のおかげで弟と部屋で暴れまわって、母親にこっぴどく叱られたことを思い出しただけだし、近くを流れている神崎川

「知っているよ」

息子は水泳が得意だが、小学校の低学年のとき房総の海で波に飲まれて溺れそうになった。わたしがかろうじて助けたが、そのときの恐怖が焼きついていて海には行かなくなった。

こちらもおなじ年頃に、玄海灘で小舟から落ちて、気がついたら父親に助けられていた。塩水を飲んだ息苦しさはいまも忘れられない。溜め池の堤防が決壊しそうだった話や、溺れて死にかけた話をすると、息子は、なんだ、おれとおなじじゃないかと言ってわらった。

激しく流れていく川の水をながめていると、台風のあとに田圃《たんぼ》の中をいくつもの鯉《こい》が泳いでいるのを見つけ、それを追いかけて農家の人に叱られたことや、うなぎや鮎《あゆ》を捕っていたことも思い出してきた。田螺《たにし》もいたし、今頃の季節になればほたるも乱舞していた。そんな光景はもうどこにもない。

「元気がねぇじゃねぇか」

こちらが物思いに耽《ふけ》っていると息子が心配してくれた。ちょっとなと言うと、あんまりお酒ばかり飲むからだよと諭すように言った。

「ねえ、こんなに水が流れているときに、魚たちはどうしているんだろ」

息子は水路化した川を見て訊ねた。昔の川なら水草の根元にでも隠れていたのだろうが、こちらも息子の素朴な疑問にかんがえさせられた。

「流されているんじゃないのか」

「海まで?」

わたしが適当に答えると、まじめに答えろよというふうに怒った表情をつくった。

「かわいそうだよな」

「まあな」

わたしは相手の言葉に応じてから、ばかな息子の感受性が養われているのではないかとおもった。こちらは雨上りの濁った川のときには、鯰《なまず》がよく釣れることも知っているが息子はなにも知らない。

世の中は便利になったが、流されていく魚のように、本当はわたしたちも生きにくくなっている。自然と一体となって生きていくことはますます遠退《とおの》いている。近代化というのは人間と自然を分離することだ。わたしたちは生きる発見を徐々に剥奪《はくだつ》されている。

「今度、雨が降ったら、鯰を釣りにくるか」

「おう、いいぞ」

息子はよろこんだ。それから鯰って、どんな魚だよと恥ずかしそうに訊いた。それならなおさら釣りにこなければなるまい。もういちど流れのはやい川面を見ると、川底に必死にしがみついている鯰がいる気がした。

その姿はなんとか生きていこうとしている人間の姿にもおもえた。釣れても逃がしてやるんだからなと言うと、わかっているよと息子が鷹揚《おうよう》な口振りで応えた。

# 煮干しの好きな人たち

2002.8

犬が自分のねぐらの、あかい屋根に上がって寝そべっている。視線をじっと庭先にむけ、なにを見ているのかと目先を追っていくと雑草に青虫が張りついていた。四歳半になる雑種の牝犬は、ときどき人間より深くものごとをかんがえているような顔つきをする。気に入っている犬小屋の上で遠くをみつめている姿を目にすると、心がざわつくことがある。

息子が拾ってきた雑種犬でいまではすっかり家族の一員だ。しかしそれはこちらがそうおもっているだけで、本当は、わたしたちより孤独に生きているのではないか。一日じゅうつながれていて恨んでいるのではないか。

少しも自由にできない自分に、苛立ちを覚えているのではないか。それとも、もうすっかりあきらめて、その哀しみが、こちらをどきりとさせるような表情をつくっているのではないかとおもうときがある。

空気が乾きすずめの鳴き声も軽やかだ。通りを飛ぶつばめも心地よさそうだ。むかいの家の玄関先に巣をつくっているが、数日前、散歩から戻ってくると子つばめが巣から落ちていた。

犬が興味深そうに鼻面を近づけていくと、まだ生えそろわない羽をばたつかせていたが、わたしが元の巣に戻してやると、ほかの兄弟たちと一斉に鳴きだした。それ以降、いつ巣立つかと見ているが、まだ親つばめからせっせと餌をもらっている。

わたしが住んでいるところは田舎なので鳥たちが多い。夜明けとともに囀《さえず》りはじめ、それで目を醒ます日もあるが、朝の鳥たちの元気のいい囀りは、彼らも必死に生きているのだなという気持ちにさせられ、自堕落《じだらく》に生きているこちらも反省させられるときがある。ときどき枝先に果物を切って刺してやるが、めじろやひよどり、山鳩などがやってくる。夕暮れに犬を連れて散歩をしていると雉子《きじ》を見かけることもある。

こちらからみればおだやかな風景にかんじるが、森を伐採してできた宅地に彼らは棲みにくくなり、本当は不快におもっているのではないか。みな人間様の都合でできた環境だが、彼らが、いつの日か、都会を荒らす烏《からす》とおなじにならないともかぎらない。そのうち、彼らの叛乱にあうのではないかと妄想している。

犬があまりにもぼんやりとしているので、煮干しを持ってきて見せびらかすと、勢いよく屋根から飛び下りてきてわたしの前に行儀よく座った。現金な奴だ。煮干しを与えずにいるとわんと啼き催促をする。手渡ししてやると、ろくに噛まずに飲み込むように食った。それからもっとくれと哀願するようにみつめている。

ついほだされて余計にやってしまうから、妻は、犬が餌を食べなくなるのだと小言を言う。確かにそうだなとかんじるが、犬も人間もおいしいものを食べたいのはあたりまえだ。煮干しがご馳走だとおもっている犬はかわいいものではないか。

先日、妻にそう言うと、のんきでいいですねと小馬鹿にされた。彼女と息子は煮干しの匂いがきらいで、わたしと犬は大好きだ。朝の食事も彼女たちは洋食でこちらは和食だ。

朝の煮干しの匂いを嗅ぐと幼い頃の家族の食卓を思い出すが、それは中年男の感傷か。父親より貧乏所帯なのが恥ずかしくもなるが、これも自分が決めた人生だと納得させるしかない。家族への威厳もいらないし静かに生きられればそれでいい。

わたしが煮干しを与えていると妻が戻ってきて、煮干しが好きな人たちですねと言った。人間はわたしひとりだけなのだが、彼女の中では犬も人間になっている。それとも亭主は、犬とおなじくらいの役目にしか見られていないのか。

歳を重ね、だんだんと相手にされなくなってきて、かんがえもしなかった僻《ひが》み根性もでてきた。あーあー、と嘆くしかない。なあ、と犬に慰めてもらうように言うと、なにが、なあですかと妻にわらわれた。

我が家では煮干しは山口県の仙崎から、醤油《しょうゆ》は四国の讃岐《さぬき》から取り寄せて、わたしのささやかなぜいたくとしているが、それを犬ばかりに食べさせているのだから、妻が苦笑いをするのもわからないわけではない。

犬は、もうもらえないとおもったのか体をゆすって四肢を踏張《ふんば》った。しろい毛が綿毛のようにあたりに散らばったが、やがて木陰に入って穴を掘り出した。数日前、その毛で巣造りでもするのかすずめが運んでいたが、生まれてくる子すずめは彼女のやわらかな毛で育つのだなとうれしくなった。

犬は掘った穴にうずくまるように寝て体温が上がった体を冷やしていたが、小さな蟻たちが煮干しの滓《かす》を巣に運ぼうとしているのをぼんやりとみつめていた。みんな生きているじゃないか。おい、おれたちもがんばろうなと犬に声をかけると、相手は大きな欠伸をして小鳥たちのほうに顔をむけた。

# 小説家の妻

2002.10

この夏、葛西善蔵の足跡を訪ねて津軽に行ってきた。津軽は文学熱が高いところで太宰治や寺山修司、三浦哲郎さんや長部日出雄さんなどを輩出している。作家の生きざまが顕著《けんちょ》に見える人たちが多く、身を削って作品をものにしていくような生き方に心がひきつけられる。

都心にでたついでに渋谷駅のみどりの窓口に行くと、安い周遊券があり妻の分も買った。それから明日行くことになったよと電話をすると、わたしもですかとわらった。生活もよたよたし、よくいえば背水の陣、わるくいえば後先かんがえず生きているのに、こちらはいつもふらふらしている。

「ごんちゃんはどうしますか?」

妻は四歳の牝犬のことを心配した。実家にでも預ければいいんじゃないのと言うと、そうしますかとのんきな返事が戻ってきた。妻のことを書くのは気恥ずかしいが、彼女はわたしがなにをやっても反対しない。いやなことがあっても愚痴をこぼさない。ただのいちども小説のコメントをもらったことがないし、飲んで家を二、三日あけても、文句を言われたことがない。

変な女性だとおもうよりも不思議な人間がそばにいるという気持ちだ。気楽といえばこれ以上の気楽さはないし、不気味だといえばこれより不気味なことはない。

「じゃ、預けてきます」

彼女の実家は埼玉で、そう遠くはない。わたしと妻は十年近くつきあって所帯を持った。親に反対をされていたし、こちらも売れない小説を書いていくのだから妻子は持つまいと勝手に決めていた。それに十年近くの間に会っていたのは二ヶ月に一回くらいのものだったので、ほかにもつきあっている人間はいるんだろうなと思い込んでいた。

彼女が三十前になり、二、三度見合いをしたと報告するので、一緒になる? と訊くと承諾されあわてて結婚式を挙げた。急でわたしの親族は怒った。義父は不安そうな眼差しをむけていた。娘が一緒になるというから渋々あきらめたというのが本音だった。

それから二十年近くが経ち、義父の心配が的中し、わたしたちは綱渡りの人生を生きているが、いまのところは持ちこたえている。仲間と土建会社をやって借金もつくってしまった。一生懸命がんばっても食べていけない社会があることも知った。恐ろしい世界があるものだ。それでも小説を書かせるものはなんなのかとかんがえるが、かんがえてもまとまることはない。

その摩訶《まか》不思議な感情を文章で捉《とら》えるのが仕事だとおもうことにしているが、それもこちらの思い過しにすぎない。編集者、文芸記者、友人、知人に助けられてかろうじて生きてきたが、自分だけはあまえている。

我が身を律することができないのに唐変木《とうへんぼく》なことばかり言い、なにを言っていると人様に反撃を受けてもしかたがない環境にいる。なさけないかぎりだ。

東北に行くと、秋田、弘前、青森と夏祭りの最中だった。寝場所をさがすのに往生したが、いつものことですから、なんとかなりますよと妻に労《いたわ》られた。なにもかもおもいつきと無計画に生きているのを彼女はとっくに気づいている。まあ、そうだな。わたしも苦笑いするしかなかった。

それでもなんとかなって葛西善蔵の生きた土地を歩くことができた。斜陽館や三内丸《さんない》山遺跡にも行けた。ついでにねぶた祭りも見れた。急いてばかりの人生に似ているが、だからいいこともある。

「すごい人ね」

妻は葛西善蔵の生きざまにおどろいていた。この津軽の光や風、雲の中の風土が文学者をつくり上げた。自分の身の内にはどんな風土を抱えているのかと照らし合わせてみた。生きてきた重みや深みがあるのか。人に言えない哀しみがあるのか。「文芸の前には自分は勿論、自分に附随した何物をも犠牲にしたい」と言った彼ほどの決心があるのか。我が身に問い、返ってくる言葉を待ったが返事はなかった。

最近、妻が義父の影響を受けた無教会派の信者だということを知った。そういえば神前で結婚式を挙げるとき、彼らは柏手《かしわで》を打つのをためらい、神主に促されやっと手を合わせた。

義父は娘のために、娘はわたしとの将来のために踏絵をすることになったわけだが、小説を書き、その上借金まで背負っている生活をおもうと、つい申し訳ないという気持ちにもなる。神様よりわたしのほうがいいはずがなく、それを選んでくれたのだから、妻の多少の罰当たりはしかたがないか。

彼女がわたしに小言も言わず、こちらの領域に決して入ってこようとしないのは、そこがばかな夫の聖域だとおもっているからか。なんとかなるよねと恐る恐る訊ねると、なりますよ、いつもそうなってきたんですから、と彼女は自分に言い聞かせるように言った。

なにもなくても生きる希望はある。それを神の思召《おぼしめ》しとおもうしかない。こちらには葛西善蔵の生き方もわかるし、妻の距離の取り方も痛いほどわかる。しかしどうすることもできない。これもやはり天罰なのだ。

# わがままなこども

2002.12

この十日間、足利市、箱根町、九十九里町、彦根市と飛び歩き、ほとんど家にはいなかった。暮れになって『ミセス順』という本が出て、その印税を当て込んで遊びまわった。家に戻り、中学一年の息子に元気かと言うと、親がいいかげんに見えたらしく、威張りすぎなんだよと文句を言われた。

おとなが偉そうにするのはあたりまえで、こどものおまえが威張るほうがおかしい社会なんだぞと切り返すと、返答することができなくて風呂に飛び込んでいったが、最近の世の中は少し変だとかんじるときがある。

あまやかしてぐれるよりもきびしく育てたほうが、おなじぐれても立ち直りがはやいとおもっている者からみれば、十三歳の息子の小言なんかへっちゃらだ。こちらのほうがもっといいかげんに生きてきたし、まだものごとの決断も判断もできない息子に負けるはずがない。威張るのは当然だしそうしてなにがわるいという気持ちだ。

出かけていて改めてわかったことだが、電車やレストランでも日本のこどもたちは実にわがままだ。親もだらしない。泣いたりわめいたりしているわが子を叱りつけるどころか、反対にきげんをとっている。たまりかねてこちらが注意すると、こんどは親がわたしをにらみつける。そうされたこちらは自分がわるいのではないかとふとおもってしまう。

あまやかされわがままに生きてきた人間が、いざとなったらなにもできないということをもっとおとなたちは教えるべきだ。そういう人間が社会の上層部に多くいるようになったから、この不景気下で、なにも決断できず右往左往しているいまの日本をつくり上げたのではないかと勘繰りたくなってくる。

# 恋がはぐくむ感受性

2003.2

土曜日の午後、講師をしている渋谷のカルチャースクールに行ったついでに、息子と待ち合わせをした。土曜日ということもあり、仕事を持っている中高年が多く、自分の生きてきた足跡を確認したいのか、ものを書きたいとかんがえている人たちが増えている。

みなさんと一緒にお茶を飲んでいると、息子が高揚した顔つきでやってきた。その日、彼は学校の帰りに、二十一歳のタレントの握手会に行ってきた。会場は写真集を持ったおとなや青年たちばかりで自分がいちばん若かったらしい。

タレントに高校生かと訊かれ、中学一年生だと答えると、まわりから歓声が上がったようだ。焦ったよと言い、握手されたらどきどきして、頭が真っ白になってなにも覚えていないよとわらった。

聞いていたおとなたちも失笑し、自分たちの思春期の思い出話をしだした。いくつになっても忘れられない人はいるし、郷愁ほど甘酸っぱいものはない。みなさんの表情もおだやかで、ものを書きたいとかんがえるのは、なつかしい感情を手繰《たぐ》り寄せることかもしれないとおもった。

その後、息子と渋谷の街を歩いたが、親のこちらはもう彼のように胸がどきどきすることも少なくなってきたし、とうに人生の春はすぎた。

あとは好きな小説を書いて枯れていくだけだが、それもまたわたしの人生だ。甘受するしかない。おい、春だよなあ、と若い女性をながめながら言うと、息子は、温かい手だったよとうれしそうに手のひらを広げて見せた。

# どうする。日本

2003.3

中学二年生になる息子と品川の泉岳寺に行ってきた。教師に、赤穂四十七士についての作文を出せと言われたようだ。変わったものを書かせるなとおもったが訊きもせず、こちらもあちこちをぶらぶらするのが好きだし、時間もあったので一緒に出かけることにした。同級生たちも彼らのことは知らなくて何人か訪ねているのだと言った。それを聞いて自分も行きたくなったらしい。

わたしたちは道すがら赤穂浪士の話をした。ありきたりの知識しか持ち得ないこちらのおしゃべりは不安だが、それを聞いていた息子は、いまとはずいぶんと違うよなと問いかけた。

確かに時代や制度も人間関係も違う。主君に殉じ、我が身の命を賭けてまで守るものがあったということでもあるが、いざ自分がその立場になったらどうするだろうというおもいが走った。

武士は武士でしか生きていけない世の中だったとはいえ、彼らの子息がその後就職できたことをおもえば、家名を守ることには成功したともいえる。いずれにせよ、今日まで彼らのことが忘れ去られることなく継続しているのは、日本人の心のなにかに触れるものがあるからだろう。

わたしは人と人が些細なことで喧嘩をしたり摩擦《まさつ》を生じさせるのは、自分たちの中にある、ちょっとしたプライドがそうさせるのだとかんがえている。プライドもコンプレックスも、ときには人を磨くし成功に導くものがあるが、このふたつの感情の中でわたしたちの一生は揺れ動いている。

そういう意味では主君の浅野内匠頭《あさのたくみのかみ》も吉良上野介《きらこうづけのすけ》も、そのプライドが邪魔をした。そして、どちらがわるいか返答しろと言われれば、わたしは多くの家臣も家族もいる浅野内匠頭の配慮のなさは、上に立つ者としてはよくないという感情を抱いている。

どうなるか気づいていたはずなのに行動を起こす。そこには自分だけの判断があるだけで、客観的なものの見方が欠落している。やせ我慢が足らないということにもなるし、ときが経てばまた別のかんがえ方も生まれ、時間が解決してくれるものもある。四十七士は彼の犠牲者だという気がする。

もっともこのかんがえは政治制度も身分制度も異なるいまの人間の発想だが、命より大切なものはあるのかという疑問に辿り着く。わたしたちの人命は地球より重い。国家の使命は国民の生命と財産を守ることだなどと言っているが、いざとなればよわい者たちが切り捨てられることは歴史が証明している。

それは戦争中のことをおもえばわかるし、北朝鮮の拉致問題やイラクへの自衛隊派遣でもわかる。わたしたちの命は軽い。そんなことをかんがえながら墓地を出た。

「おい、命を大切にしろよ」

「わかっているよ」

人生には絶体絶命だと焦るときがなんどかはある。それでも突き進まなければいけないときもあるし、逃げれば負けというときもある。運がいいかわるいかは、あとになってみないとわからない。

だめだったら、またそこから踏ん張って生きていくしかない。命があればなんとかなるし、へこたれてもなにも生まれない。最後は自分ひとりで生きていかなければならないのがわたしたちだ。

「やせ我慢も重要だからな」

「それもわかっているよ」

陽も沈んで夕暮れになった。どこかで酒でも飲むかということになり、わたしたちは品川駅のそばの居酒屋に入り、ビールとジュースで喉を潤した。

勤め帰りの人たちに混じって泉岳寺のことを話し合っていると、突然、息子が、食べていた焼き鳥をながめて、これもよその国ではぜいたくなものだよなとまじめな表情で尋ねた。

近くの席で、サラリーマンが、餓えに苦しんでいる外国のこどもたちの話をしていたので唐突に訊いたのだが、日本人がおなか一杯にものを食べられるようになったのは最近のことだ。

わたしは小学校のときに弁当を持ってこられなくて、ひとりで校庭の隅で遊んでいた同級生の姿を思い出した。そして、こんな豊かな時代がいつまで続くかわからないが、続いてもらいたいという気持ちが芽生えてきた。

数日後、息子は何枚かの作文を書いた。原稿用紙の綴じ方を訊いてきたので、ちらりと盗み見すると、「どうする。日本」という題名がつけられていた。泉岳寺の四十七士とどんな関係があるのかわからなかったが、彼の中になにかかんがえるものが生まれたのだろう。

確かにいまの日本は、舵取りひとつでおかしな国になってしまう危険にさらされている。息子の琴線《きんせん》に触れるものがあったらしい。行ってよかったなという気持ちが生まれてきてわるい気はしなかった。おい。今度は、両国の討ち入りされた吉良邸に行ってみるかと言うと、相手は、いいぞ、とおとなびた口調で応じた。

# ラーメン・餃子に一泊二日

*2003.9*

ながい夏休みで中学二年生の息子は退屈になり、しきりにわたしの部屋に入ってきてはどこかに行こうと誘った。

「おまえねえ。少しぜいたくだぞ。おとなになると、いそがしくてそんなことを言っておれないいんだからな」

わたしは適当にあしらっていたが、相手はこんなに暇なのは人生ではじめてだと言い、それから、日本でいちばん古い学校が足利にあるのを知っているかと訊いてきた。ああ、と応じると、なんだ、行ったことがあるのかと不満そうに言った。

「きょうだんという意味を知っているか」

わたしは以前その足利学校で仕入れた情報を思い出し訊いた。

「なんだよ、それ？　オウム教のことか？」

「違うな。ほかにもあるだろ？」

こちらの問いかけに相手は思案した。

「教室にもあるよな」

どういう意味かわかるかと質《ただ》すと、知らないと怒ったように言った。中国の春秋時代に、儒学の開祖の孔子が弟子たちに学問を教えた場所に杏《あんず》の樹が植えられていたところから、そこを杏壇《きょうだん》と言い、後世、教壇と転訛《てんか》したのだと教えてやった。

ついでに退屈なら読書でもしたらどうだとけしかけると、だいたい威張りすぎなんだよと相手は口を尖《とが》らせた。返答しないでいると、足利に行くと歴史の勉強にもなるんだけどなとからめ手でやってきた。わたしはそばでうろうろされるのもいやなので、暇ならたまには犬の散歩でもしろと言った。

「そしたら行ってくれるか」

「まあな」

そう言ってすぐにしまったと後悔した。やりかけの仕事が終わればわたしもすることがない。こちらもはやく自由になりたい。そんな気持ちがおもわず曖昧な返事を呼び起こした。息子は、すかさず、やったあ、とさけんだ。

いそいで散歩から戻ってきた相手は、はやく行こうぜとせかした。

「おい、約束はものごとのはじまりだぞ。約束をしなければなにもはじまらないんだからな。かならず守れよ。言った、言わないで騒ぐのは男らしくないからな」

わたしは悔しまぎれに偉そうに言った。

「行かないのか」

「だから約束は守るさ」

「なんだよ。それじゃいいんじゃないか」

息子はあかるい表情をつくった。わたしたちは、妻のしょうがないわね、と言う声をあとにして家を出た。

「ねえ。お父さん。足利に行ってさ、それから帰り道に佐野によって、佐野ラーメンも食べようよ」

息子の趣味は地図をながめることと、おいしいとされるラーメン店マップを持って出かけることだ。学校の帰り道に食べ歩き塾にも行っていない。気ままでうらやましいと仲間に言われているらしい。

「ついでに宇都宮にも行ってみるか」

「調子にのるなよ。お金もないよ」

「お母さんに内緒で持ってきたからさ。ラーメンを食べたら餃子も食べなきゃ。有名なんだろ?」

それもいいなと応じると、よっしゃあとはずんだ声を上げげた。それから、おれたちはいいかげんだよなとにやついた。自分にはそれでいいけど、人様にはだめだぞとたしなめると、わかっているよ、と応えた。まあ、いいか。好きに生きろ。人生は愉しくやらなきゃおもしろくない。どうやらその遺伝子だけは継いでいるようだ。

高い交通費を使って、ラーメンと餃子を食べ一泊して戻ると、妻が、またかと呆れていた。感謝。感謝。つまらない息抜きでも、またがんばろうという気持ちにはなってくる。

# こどものうちの経験

2004.1

中学二年の息子が愉しかったよと夜遅く戻ってきた。たまに高校生の先輩たちに誘われて遊んでいるようだが、その日はクラブ活動のあとに、学校近くの食べ放題の安いしゃぶしゃぶ屋に行ったらしい。みんなで店がつぶれるくらい食べてきたとわらった。

こちらは好き勝手に生きている相手がついうらやましくなり、あまり野放図に生きるなよと小言を言ってしまった。世界中には貧しい人のほうが多いし、戦争で命を落とすこどももたくさんいるんだからと言うと、お父さんも毎日飲んでいるんだから、それをその人たちに寄付したほうがいいぞと切り返された。

不景気で失業者が増えてもまだ日本は平和で豊かだ。この平和に陰りが見えてきたが、健全な社会を築くにはおとなたちの賢明な判断が必要だが、その的確な判断や決断には知識や経験がいる。

おい、富士山がなぜ高いか知っているか。わたしはきげんのいい息子に水をさすように言った。知らないと相手はそっけなく否定したが興味を持った。高く立つには広い裾野がいるだろ、その裾野を知識や経験だとおもえばいいんだよ。富士山だってすぐに高くなったわけじゃないと説教をすると、だからおれも遊んでいるんだろ、とにやつかれた。

おとなになっていちばん疲れるのは人間関係のわずらわしさだ。その間合いをとれない人間が増えた。こどものうちにいろいろと経験を積めば、そこから知識も知恵もつく。

そして人生は自分から愉しくすればいい。酔ったわたしは、お酒も人間関係を円滑にしてくれるし、精神的にリラックスさせてくれるはずだと我が身に言い訳をし、またださしなく飲んだ。

# 「お勉強」はできても…

2004.3

先日、電車の中で、まだ幼いこどもに絵本を広げ、「お勉強」をさせている若い夫婦を見た。父親は勤め人風だったが、妻が女の子に指示するのをおだやかな表情でみつめていた。

中年のおっちゃんのこちらは、なにもこどものうちから生き方の幅を狭《すぼ》めるようなことをしなくてもいいではないかとながめていたが、電車を下りてからも妙に心がざわつき、大丈夫なのかと心配になってきた。

わたしたちが生きていく自信は「学歴」を身につけることでも、知識があることでもない。自分がやろうとしていることを、どれだけ一生懸命やってきたかのほうが重要なのだ。自分はこれだけがんばったのだからという自信のほうが生きていく糧《かて》になる。

親や人様のことを聞いて行動するよりも、好きなことを辛抱強くやることのほうが将来につながる。人生はやる気と忍耐があればなんとかなるものだ。おれはあれだけやったのだからと踏ん張りもする。

近頃の若い人たちが堪《こら》え性がないのも、なんでも上滑りに生きているからではないか。一芸に秀でることはどんな職業でも年季がいるが、肝心なおとながそのことを教えなくなった。

あまやかされたり必要以上に手をかけられたこどもはどうなるか。わがままで忍耐力のない人間や、「お勉強」はできてもいざというときに右往左往して、なにもできないおとなになってしまうのではないか。政治家はよく教育論を唱えているが、近頃の親の自信のなさも、政治の無策ではないかとうがった見方をしている。

# 親子の酒場

2004.3

先日、息子と、知り合いが主催する音楽会に行き、帰り道に飯田橋のやきとり屋で飲んだ。息子は、サラリーマンたちで混んでいる店を見まわし、おとなっていいよなあ、こういうところにいつもこられるんだからと言った。

わたしはおとなのためにあるのが酒場だと疑ったこともなかったので、つい返答につまった。おまえも大きくなったらくればいいんだよと言うと、まあね、とうれしそうな表情をつくった。

わたしと息子はあんがいと仲がいいが、そのうちわずらわしくなったり歯向かうようになるだろうが、どんなことがあってもおまえには負けないと虚勢を張っている。学校はおもしろいのかと訊くと愉しいよと言う。わたしはそれだけ聞くとそれなりにうまくやっているんだなとおもうが、たまの親子の会話なので相手もしゃべりたいのか、友人や教師の話をしている。

こちらは適当に相づちを打っていたが、ふと遠い昔、父親と一緒に出かけて屋台で酒を飲んだことを思い出した。酒好きの父親ががんもどきや牛すじを頼んでくれ、わたしはそれを食べながら、彼がまともに相手をしてくれることが気分よかった。

「ねえ、お父さん。この近くにおいしいラーメン屋さんがあるのを知っているか」

「そうらしいな」

わたしは適当に返事をした。

「飯田橋や神楽坂はけっこう多いんだぞ」

息子の現在の愉しみは、ラーメン屋さんの地図を持ってあちこちの店を歩くことだ。先輩や同級生と寄り道をし、たまにカラオケにも行き帰りが遅い。こちらは好きにやれとほおっているので遠出もしているようだ。

「昔、ラーメンは高級品だったんだぞ」

「そうなの」

「牛肉もバナナもそうだぞ」

「本当？」

わたしは戦後のベビーブーム世代の生まれだ。日本がまだ貧しかったことも知っている。栄養不良で鼻水をたらしているこどもだっていた。それがいまや日本は飽食の時代だ。何不自由ない世の中をつくってくれた親たちには感謝するが、目の前にいる息子にはこんな気持ちは伝わらない。

「バナナなんて遠足か病気のときしか食べられなかったんだぞ」

息子からは返答がない。わたしは追い打ちをかけるように、グレープフルーツもキウイもなかったんだぞと言った。

「じゃなにを食べていたんだよ」

「コカコーラもマクドナルドもだぞ」

わたしは息子が気に入っている食べ物も言い、そうおもえばずいぶんと食生活も変わったなと改めてかんじた。相手が興味を持って尋ねるので、こどもの頃に口にできなかった食べ物をひとつずつ言ってやったが、おどろくほどあり、自分たちはなにを食べて成長したのかという疑問さえ持った。

それから、かんがえても詮ないことだという気持ちになりお酒を飲んだが、息子に、あんまり飲むとからだにわるいぞとたしなめられた。世の中のことをまだ知らないからなまいきになれるんだともおもったが、わたしも父親と飲んで、急におとなになった気がしたものだった。息子もそうかんじてくれればいい。

「親父とあちこちで飲んでいると言うと、みんなうらやましがっているんだ」

息子は自慢げに言った。親に勉強ばかりさせられて、かわいそうな奴もいるんだぜと教えてくれた。わたしは、おまえねえ、親父はないだろ、と頭に拳骨《げんこつ》を落としてやった。息子から得るものは少ないが、一緒にいれば親子だという認識は生まれてくる。それが絆《きずな》というものだろう。自分の遠い思い出と重なって郷愁も湧いてくる。

いい気持ちで飲み、ゆるやかな坂道を歩いていると、携帯電話が鳴り、またこどもと変なところで飲んでいたんでしょうと妻の声が届いた。面倒だったので息子に代わると、学生服を着ていたので目立っちゃったよ、お父さんはおれがちゃんと連れて帰るからさ、心配しなくていいぞと偉そうに言った。

よしよし、好きにしな。そうおもっていると相手はまた携帯電話を渡した。いいことを知るためにも、わるいことを知らなければいけないだろ？　と言い訳がましく応じると、屁理屈も遺伝しますからねとわらわれた。これも平和なうちに入るのかと酔った頭でかんがえた。

# 二百八十円の幸福

2004.4

クラブ活動が終わると、同級生や先輩たちとあちこちのラーメン屋さんをまわっている中学二年生の息子が、今日は最後だから吉牛《よしぎゅう》を食べてきたよと言った。なにを食べてきたのかわからないので、どういうものか訊ねると吉野家の牛丼だと言った。

巷《ちまた》ではBSEや鳥インフルエンザで、牛肉も鳥肉も食べにくくなっている。それらを売り物にしている人たちは大変だなとおもっているが、わたしたちが日々食しているものので安全なものなんてあるのかという不安はわく。

こんなに矢継ぎ早に問題が起きてはなにを食べていいのかわからない。鯛《たい》やはまちはすでに養殖のほうが多いし、河豚《ふぐ》や鮪《まぐろ》などの高級魚も養殖でまかなえるようになった。

養殖の次はクローン牛やクローン魚だろうなと想像しているが、なんだかなあというおもいが走る。

「食べる前に牛丼の写真を撮っている人がいたぞ」

息子はおとなたちの話題に入れるのがうれしいのか愉しそうに言った。

「もう食べられないとおもって、記念写真でも撮っていたのかなあ」

わたしが応じると、そばで聞いていた妻が、いちどは食べてみたかったなあと言った。

食べたことがないの？　と息子がおどろいた表情で訊いた。

「どうして？」

「そう訊かれてもねえ」

妻は戸惑い気味に応えた。確かに牛丼屋さんで女性の姿を見かけるのは少ない。昔と違い、アメリカ文化の影響で立ち食いや買い食いは文句を言う人も少なくなってきたが、女性が丼飯を掻き込む姿にはまだ差恥心《しゅうち》が残っているのかもしれない。

彼らのやりとりを聞いていると、隣の部屋で仮眠をとっていた八十一歳の老母が目覚めた。

「わたしも食べたことがないわよ」

彼女も妻とおなじことを言ったので、息子とわたしは顔を見合わせた。

「変だよなあ」

「嘘なんかついてませんよね」

「田舎には牛丼屋さんなんてないからねえ」

そうか。あれは都会人の食べ物だったのか。老母が言うと、へえ、ないの、と息子はまたびっくりした。わたしは牛丼よりも「うまい、安い、早い」というキャッチフレーズのほうが気に入っていた。自分の書くものも「小説はうまい、原稿料は安い、締切ははやい」と言われるようになりたい。そういうことなら仕事も増えるかもしれない。

それから彼女たちの話を聞きながら、日本の女性はまだ遠慮しているんだな、男の目を気にしているんだなとかんじた。男女平等なら堂々と牛丼屋さんに入って、「大盛り一丁」と頼んでほおばればいいのにとおもった。

そしてわたしはこども時分のことを思い出した。健啖家《けんたんか》だった父親が焼肉を食べたりすると、母親は彼が使った網を棄ててしまうほどきらっていた。その彼女がいまは肉料理が好物だ。焼肉屋さんに行こうと誘うと断らない。彼女も変わったが世の中も変わった。

そのことをからかうと、もう遠い昔のことは忘れてしまったととぼける。アメリカのBSE問題で、また肉が食べられなくなるねと言うと、困ったものだと口にしない。どうやら息子のわたしより長生きしたいらしい。口では、はやくお迎えがこないかしらと言うが、そのおなじ口で、生きているうちだけが人間だからねとも言う。わたしにはどっちが本音の言葉なのかわかっている。

「じゃあ、さあ、こんど牛丼が売られるようになったら、みんなで行こうか」

息子のおもいつきにわたしはそれもいいなとかんじた。一杯二百八十円で家族の一時の幸福が買えるなら安すぎるというものだ。

# 人生は寄り道ばかり

2004.9

夏風邪をひいて六日間も寝込んでしまった。高熱でわけがわからなくなり、あの世に行くときはこういうふうになって行くのかなあ、とぼんやりとかんがえていた。

しかし熱が下がって起き上がれるようになると、ビールを飲み、神妙に物思いに耽っていたことも忘れてしまった。

「お父さん、風邪も治ったことだし、そろそろ出かけないか」

退屈している息子はどこかに連れて行けと言う。

「まだ完全に治っていないんだから、もう少し気をつかってくれよな。人に配慮するということは、やさしさなんだぞ」

そうこうしているうちに、出版社の人と会うことになり出かけようとすると、まだ治っていないんだろと悪態をつかれた。それでも仕事だからなと言うと、どうせお酒でも飲むんだろと追い打ちをかけてきた。

結果的には息子の読みどおりとなった。出版社の経営者夫婦と飯田橋の居酒屋で焼酎を飲み、そのあと、男ふたりで神楽坂の「道草横町」のスナックで飲んだ。わたしは酒が好きだが、女性がいる酒場は苦手なのであまり行かないが、そこは三十半ばくらいの女性がひとりでやっていて、あとはわたしたちとおなじ年格好のおっちゃんたちがたむろしていた。

家路を急ぎたくない中年のおっちゃんたちが寄り道をしているという雰囲気で、横町の名前とよく合っている気がして、わたしは苦笑いをしたくなった。男は家を出て、その日にあったいやなことや、ばかばかしいことを自分たちの巣には持って帰りたくないものだ。

この気持ちは家を守る女性にはなかなかわかってもらえないだろう。ただ毎日机にむかい、うなりながら小説を書いているわたしもつらいが、おなじ年代のサラリーマンも大変だなあとおもった。

　次の日の朝、わたしが先に起きると、息子はまだ眠っていた。こどもはよく眠る。先々の人生が見えてきたこちらはもったいないなとかんじるが、心身のバランスを保つにはよく眠ることだ。

「やっぱりおれの勘が当たっただろ？」

　ようやく起きてきた息子は、冷たい水を飲んでいるわたしを見て言った。

「お父さんは飲みすぎだから、長生きできないぞ」

　男親が亡くなり元気のない同級生がいる。その少年と自分をだぶらせているらしい。

「気をつけるよ」

「そうしろよな」

　こちらは自由気ままに生きることを身上にしているのだ。息子の言うことなんか聞くものか。しゃらくさいという気持ちだが少しだけ神妙にしてやると、親に自分の言うことが届いたとおもったのか表情をゆるめていた。

「おまえはなにをしていたの？」

「やることがないから勉強をしていたよ」

クラスで四十六人中四十三番の成績だった息子は、こんどは三十番台になるぞと言って三十九番の成績になった。なかなか愉しませてくれている。

「むりするなよ」

「してねえよ」

多少「勉強」ができたところでどうということはない。いずれ健康が一番だとおもう日がくる。そう気づくまでせいぜい愉快にやればいい。思い出が人生を豊かにしてくれるということも、そのうちわかる。

「おい、群馬県の赤城神社に行くか」

神社巡りが好きなわたしは神楽坂の赤城神社を思い出し、その大本に行きたいとおもった。よっしゃあ、行くかあ、と息子の陽気な声が戻ってきた。おもいつきで動くところは間違いなく親子だ。よしよしだ。そのうちいいこともあるだろう。

# 「苦み」から知る本当の人生

2004.9

暑い日が続いていたが秋の気配をかんじるようになった。郷里から葡萄《ぶどう》が送られてくるようになったし、食卓にも秋刀魚《さんま》が並ぶようになった。世の中はいいこともわるいことも交えて変化しているが、季節だけは変わりなくやってくる。

夏スキーの合宿で長野に行っていた息子と十日ぶりに顔を合わせた。元気だったかと訊くと、ああ、とそっけない返事が戻ってきた。

その息子と久しぶりに食卓を囲んでいると、相手が秋刀魚を突きながらこれ苦いよと妻に言い、腸を皿の端に寄せていた。おまえねえ。食べ物は粗末にしてはいけないだろ。食べる前にいただきますと言うのは、動植物の命をいただくからそう言うんだし、ごちそうさまと言うのはそれらの命をいただいて人間は生きているから、その感謝の気持ちをいうんだぞ、とこちらもこどもの頃、祖母に諭《さと》されたことを思い出してたしなめた。

息子は口を尖らせていたが、こどものうちは苦みのある味はわかるまい。秋刀魚でも鮎《あゆ》でも、おとなはほんのりとした苦みがあるものをおいしくかんじるのだ。

その味がわからないうちはまだこどもなんだぞと教えてやると、なんだよ、それ、と不満を言った。こどもは甘味のあるものが好きだが、おとなはちがう。深く味わいがあるものを求めるのだ。

苦味走ったいい男という言葉があるだろ？　と訊くと、そんなもの知らないよと一蹴《いっしゅう》されたが、人生の苦みを知ってから本当の人生がはじまるのだと言ってやりたかったが、説教じじいとおもわれたくなくてやめた。そのうち勝手に覚えればいい。そうすれば人生の味もわかってくるというものだ。

# 息子に響け、父の人生哲学

2004.10

　中国から戻ってくると息子が浮かない顔をしていたので、どうした？　と訊いた。相手は、将来のことをかんがえているのさとまじめな表情で言ったので、わたしはおもわずわらってしまった。

　生きていくということは挫折の連続だということは、こちらはもうとっくに気づいている。わたしは、そんなことをかんがえるくらいなら、眠っていたほうがいいぞと言ってやった。紆余曲折《うよきょくせつ》があるのが人生だし、おもうようにいく人生なんてほとんどない。

　たとえそうなったところで満足するかといえばそうでもない。相手は、文句を言い、それじゃ、お父さんはかんがえなかったのか、かんがえたことがあるだろと切り返してきた。

息子が今日にかぎって、なぜそんなことを訊くのかと不思議におもっていると、旅行中に発売された、わたしの『人生の風景』というエッセイ集がテーブルの上に置いてあった。

本を読むのがいちばんきらいだと言う息子は、表紙の人生という文字だけを見て、いまの自分の立場をかんがえたらしい。その題名は編集者がつけてくれたものだが、おもわぬ展開にわたしはおどろいた。

クラスで将来を決めていないのはおれだけだぞと息子は言った。心配するな。なんとかなる。わたしは相手を安心させるために言った。するとむこうは、いつもいいかげんなんだからなとわらった。

かんがえてもかんがえなくても人生はなるようになる。どう愉しむかが問題なのだ。そう言うとようやく安心したのか、今度は、あんまり遊びまわるなよなと説教された。

# 理解深める大切な「言葉」

2005.1

先日、昼酒を飲んでいい気持ちで眠っていると、息子が、世の中でいちばん重要なものはなんだよと訊いてきた。突然言われても返答のしようがなかったが、世の中に重要なことや大切なことはそれこそたくさんある。

家族もそうだろうし友情だってそうだ。なにかをやるには情熱だって必要だ。信義だって重要だ。与謝野鉄幹だって、男のよさは「六分の侠気、四分の熱」とうたっているではないか。

そんなことを話したあとに、わたしも小説家の端くれなので、「言葉」だと言ってやった。おしゃべりをするのは自分を理解してもらうこともあるが、相手に判断してもらうことのほうが重要なんだぞ、だからふてくされてだまるのはいけないぞと諭してやった。

ついでに、外国映画などで、よく「愛しているよ」と言い合っているのも、おたがいにわかっていても確認し合っているからだ。いいかわるいか、正しいか正しくないかは別にして、しゃべらないと相手が判断できないから、おまえも親には話をしろよと説教をした。

実際、最近のこどもや若者はちょっとおかしい。養ってもらったり、ものごとを教えてもらったりしているのに、返事をしなかったり無視したりする。親はそうなっても愛情があるから平気だが、もし反対にこどもが親にされたらどうなるか。とたんに親がなにをかんがえているか不安になるはずだ。彼らが親やおとなに「しかと」をするのはあまえているからだ。

わたしがそう言うと、おれは違うよな、よくしゃべるだろ？　と息子は同意を求めた。まあなと応じてやったが、おしゃべりの男も、男がすたる気がしてなんだかなあとおもった。

# 親の責任

2005.1

めずらしく息子から電話があった。出かけたら連絡がないこどもなので、なにかあったのかと身構えていると、お父さん、四人勝ち抜いたぞ、と興奮した声で言った。わたしは一瞬なんのことかわからなかったが、相手が、朝早く茨城まで出かけ、腕相撲大会に行っているということに気づいた。

よかったなと応じてやると、もうひとり勝つと、準決勝にでられたんだぞと言い、みんなにおどろかれてしまったよとあかるい声を上げた。十五歳のこどもが成人の大会に出場するというのもめずらしく、その上、勝ち抜いたというので、一緒にやっているおとなたちに誉められたようだ。

人は他人に誉められたり、自分の存在を認められることがいちばんうれしい。息子はそれでよろこんでいるのだが、わたしもなんとなく心がはずんだ。息子も男親に似て好き勝手に生きている。こちらもああしろこうしろとは言わない。なにかあればそのときに判断すればいい。

生きていくということはしんどいものだ。多くの苦しみと不安の中で日常生活を営み、その間に、ほんの少しのよろこびをかんじるのが、わたしたちの人生のような気がする。失望もあれば深い徒労感を覚えるときもある。それでも生きていく姿を見せるのが、親やおとなたちの責任なのだが近頃は親も子も生きにくい。

人の目が気になったり、自分と他人を比較してみたり、自信喪失気味の人間が増えてきた。昔の親たちを思い起こせばもっと堂々と生きていたようにもおもえるが、おとなもこどももすぐにものごとに過剰に反応するのは、近頃の人間の自信のなさの現われなのだろう。

それはわたしもそうで、情報もたくさんありすぎてかえって判断基準が曖昧になっている。こどもより、親のほうが自分を見失っている人たちが多いのではないか。こういう生き方をしたいと、つよい意志を持った人たちが少ないようにもおもう。

自分の好きなことをやったり、夢中になれるものがあったりすると、あんがいと楽に生きていけるはずなのだが、最近の教育は、人より先に進むことも人より遅れることもあまりよしとはしない。それが逆に競争を生んでいる。

そういう生き方がいいんですよ、という生き方はないはずなのに、あたかもあるかのような錯覚を持たされている。金太郎飴のような人間ばかりつくってもしかたがないのに、おなじ教育、おなじ生活環境をつくろうとする。人間もよわい動物とおなじで、群がらなければ生きていけない動物ということか。

「帰ったらくわしく話すからさ」

息子の声はあかるい。聞いてもしかたがないのだが、こちらは聞き流してやった。それで相手が豊かな気持ちになればけっこうなことだ。

「お母さんにも報告しておいてくれよな」

「わかった」

「絶対だぞ」

「それもわかった」

わたしは受話器を置いたあとにビールを飲んだ。あいつのおかげで昼酒が飲めるとおもうと感謝したくなる。極楽、極楽。気持ちよく生きるのが人生だ。

戻ってきた息子は、わたしが妻に報告するのを忘れていたのを知って、やっぱりな、いいかげんな親だよと舌打ちをした。こどもにたいする親のいちばんの仕事は、どうやってはやく自立させるかということだ。それならばいい親よりも、反面教師の親のほうがいいに決まっている。

# 己に厳しく

2005.3

まもなく中学を卒業する息子がうかない顔をしている。どうしたと尋ねると目的がないんだよなあと言う。それでまったく勉強をやる気がないんだ、と言い訳じみたことを言う。

昔、十五、十六、十七と、わたしの人生くらかった、と歌っていた歌手がいたのを知っているかと訊いてやった。相手は誰のことだかわからなかったが、宇多田ヒカルのお母さんだよと教えてやると、ああと応じた。

人生なんて決してあかるいものではない。むしろつらいことや哀しいことのほうが多い。そのことがわからないから、息子くらいのこどもたちは悶々としているのだろうが、そのうち愉しいことがあるさと言ってやると、本当かなあと疑心暗鬼な表情をつくった。どう生きるかは親の問題ではなく、本人が摑み取っていくものだが、最近のこどもたちは満たされすぎていて、そういう気力が生まれてこないのかもしれない。これからは人口も減少してくるし、政治の無策ぶりで、世の中は落ち着きのないものになっているが、いずれ経済が破綻してくれば体制も変わる。

改革などというものはお上《かみ》が声高にさけばなくても、自然とわたしたちが変えるものだ。変えてもらわなければいけないのは、誰もがまずいとおもっていることを先送りにしないことだ。わるいことを正すには時間をかけてはならない。それを見ているこちらが無気力になることがいちばん恐いのだ。

無気力はあまえからも生まれるし、満たされている中からも生まれてくる。あまい環境だから評論家みたいな政治家しか育たない。自分から厳しく律して生きないと後悔するぞと言ってやった。

# やきにく丼、万歳！

2005.3

妻が留守なので息子と外食でもするかということになった。車に乗り、街道沿いを走りながら思案していると、食べ放題と書かれた焼肉屋の看板が目に入った。わたしは乗り気ではなかったが、息子が入ってみようかと言うので、相手がどんな食べっぷりをするかという興味もわいたのでのぞいてみた。

しかし肉は咬み切れないほどかたく、味も乏しかった。息子も気づいたらしく、おもわずまずいねと言った。おい、とわたしは注意を促《うなが》した。人様の前で食事をするときには、決してそういう言葉を口にするなと申し渡している。

その食べ物を好きな人もいるし、本当においしいとかんじている人もいる。そういう人の気持ちをおもえば、そういうことを言うと気まずくなるだろと諭している。息子は、わかった、わかった、とあやまった。

そして近くのテーブルに、両親とふたりのこどもがいたことに気づいた。彼らはセルフサービスで肉を持ってきて、両親は生ビールで、小学生とおもわれる兄妹はジュースを手にし、おかあさん、誕生日おめでとうと乾杯した。それから、おいしいねと兄が母親に同意を求め、これが炭火焼きというの？　と肉を炙《あぶ》る火元をのぞいた。

それはただのコンロに網をおいたものだったが、母親は息子の言った言葉が耳に入ってはいたがだまっていた。彼女たちがめったに外食などしないことも、こどもたちの言動でわかった。わたしは母親のかたい雰囲気を察知して、こちらの息子がおもわず口をすべらせた言葉を思い出し恥じた。

それから遠い昔のことがよみがえってきた。わたしは十二歳のときに父親を失い、山陰の母親の郷里に移り住むようになった。それまでは食い道楽の父親のおかげで、多少はおいしいものを食べていた。それが彼が亡くなり、母親が女ひとりで育てていくようになった我が家の食卓は、はなやかさがなくなってきた。

彼女は料理の得意な人だったが、働きに出るようになり、だんだんと貧しくなっていくようでいやだった。男親のいない食卓を淋しくかんじていたこともある。

ある日、老女がやっている小さなうどん屋に入った。そこのうどんはおいしかった。やがて、ときどき母親に小遣いをもらい、三歳歳下の弟と食べに行くようになった。あるときうどんをすすっていると、店に入ってきた知り合いの中年の男性が、母親しかいないこどもはこんなところで飯を食べるのかとわらった。

相手に悪意はなく、ただからかっただけなのだがわたしは傷ついた。彼女の了解をとっているのにと文句を言いたかった。やさしい母親が愚弄《ぐろう》されているようでそのうち店に行かなくなった。

「ねえ、こうして食べるともっとおいしいよ」

父親が死んだ頃のわたしの年齢に近い少年は、新発見でもしたように男親に言った。少年は、どんぶり飯の上に牛肉を並べてほおばっていた。それを妹も真似をした。父親はそうかと言ったきり口を噤《つぐ》んだ。両親は肉があまりおいしくないことはわかっていた。母親も、そうねと言ったきり言葉をつながなかった。

「おい。おまえ、まだ食べられるか」

わたしがそう言うと、息子はああ、と応じた。それからふたりしてやわらかそうな肉と、どんぶりにしろいご飯をよそってきた。わかめスープも一緒だ。息子は、なにをするのかとながめていたが、わたしは焼いた肉にたっぷりとたれをつけ、胡麻《ごま》をまき紅生姜《しょうが》もそえた。相手は興味深そうにみつめていたが、わたしが掻《か》き込むと真似をした。

「うまいじゃないか」

「だろう？」

息子はわらった。

「生き方も食べ方も、なんでも工夫が大事なんだからな」

わたしは偉そうに説教をした。少年の食べ方を見て、昔、父親がそうして食べていたのを思い出したのだ。昭和三十年前後は、まだ焼肉を食べる日本人は少なかった。

焼肉なんて絶対に食べないと言っていた母親も、今年で八十三歳になる。いまは焼肉が大好物だ。時代も変われば食べ物も変わる。人間の見方だっておなじことだ。やがて、わたしたちが腰を上げると、そばのお母さんがこちらの食べっぷりを見ていたのか、少しだけ目礼をした。わたしはあわてて頭を下げた。

店の外に出るとよけいに満腹感を覚えた。それはおなかが満たされすぎたというだけではなく、こちらと彼女たちの心が伝わったようなよろこびがあったからだ。そして、あのこどもたちは立派に育つだろうなとかんじると、おい、おまえもがんばれよと息子につぶやいていた。できのわるいわが息子は、わけもわからずに、おう、と返答をした。

# おたがいさま

2005.4

自分では若いつもりではいるが、どうやら人様はそうは見ていない。それはもっともな話だが、近頃はそのことを自分でも認識するようになった。体力が極端に落ち、からだの免疫力も落ちている気がする。

なんだか淋しいなという気持ちを抱くが、身近な友人や同級生たちがぽつぽつとこの世におさらばしていくと、こちらもそろそろかなと身構えてくる。その身構える感情をまたいやだなとかんじるが、ふりかえってみると人生はあっけない。

それでも夕暮れになると意地汚く飲んでいるが、先日、赤城神社のそばで飲んでいると早々と酔ってしまい、近くの学校に通う息子に電話をしてみた。

「おい。元気か」

「なんだよ。朝、会ったばかりじゃないか」

もうすぐ中学を卒業する息子は、わたしとおなじようにあちこちをふらついている。まだ七時をまわったばかりなので、近くにいるはずだとおもったこちらの勘は的中した。

「もう酔っているのか」

「ちょうどいいところだな」

「いいよなあ、おとなは。好きにやっているんだから」

「おまえだってそうだろ?」

息子はまったく机の前にすわることがない。それで百八十人中、百七十番あたりをうろうろしているが、こちらもそれでいいとかんがえているので好き勝手にやっている。おかげで友達だけは増えているようだ。

「くるか?」

「どこ?」

「神楽坂」

相手はいいぞと返答した。断るはずがない。稚《おさな》いときから人に誘われたら応じるようにと教え込んでいる。人生を愉しく生きられるか生きられないかは人間関係が重要なのだ。他者がいて自分の存在も成り立つ。

じきに学生服の襟元のボタンをはずした息子がやってきた。もう一軒行くかということになり、近くの焼き鳥屋に入った。腹が空いたという相手はしきりに口に運んでいたが、わたしはこいつが生まれなければどんな人生があったのだろうかと想像していた。どうせ将来は小説を書いて生きていくのだから、物欲は持つまい、妻子も持たないと決めていた。それが人並みな人生を送るようになり、淋しくしている妻に申し訳ないとこどもまでつくる羽目になった。それもこちらのからだに問題があり、大学の付属病院になんども通った。あの頃の恥ずかしさを思い出すといまでも顔がほてる。

そうやってできたこどもだからあまやかすことはない。多少はきびしく育てたほうが生きる力はつく。なにごとも注意してやればいいし、なにが起きても本人の問題だ。いいかげん酔ったので、帰るかと言うと、もう帰るのかと不平を言った。

「おれはきたばかりだぞ」

「それじゃもう一軒だな」

よっしゃと息子は陽気に言い、はやく帰ってもおもしろくないもんなと言った。男の愉しみは、帰る場所があってふらふらするところにある。そう言うと、お母さんにしゃべるぞとわらった。

わたしは以前行ったことのあるバーに入った。相手はノンアルコールのカクテルで、こちらはジンロックを飲んだ。お酒の前ではおとなとこどもの差が顕著に出る。ざまぁみろだ。

「あっ、お母さん、おれ。いまお父さんと一緒だから。ラーメンでも食べて帰るからさ。ご飯はいいよ」

息子は妻に電話を入れていた。おまえは淋しくしていたお母さんのために生まれたんだからな、なかよくしろよと言いかけてやめた。わたしのためにもなっている気がしたからだ。

# 思うがままに

2005.4

四月だ。いい季節になった。電車に乗っていると、真新しいスーツや学生服をきた若者たちについ目がいってしまう。こちらも若かった頃を思い出すが、彼らはどんなおもいで社会に出ているのか。

わたしたちが描いていた生活環境はすっかり変わり、世の中は激しく動いている。企業は上場もしやすくなった。起業家になって若いうちに富を築く者も増えてきた。能力のある若者は、いままでのような「安定」した会社に入って、定年まで勤め上げようとする者は少なくなるはずだということくらいはわかる。

世の中が変われば産業だって変わる。現在はＩＴ産業の時代なんだろうが、敗戦後、この六十年の間に、石炭、造船、不動産業などと時代の光を浴びて成長した企業もいまは衰退している。しぼむところがあれば膨らむところもある。景気がいいのは一部の政治家ばかりではないか。リストラもないし、テレビに出演して評論家みたいなことばかり言っている。

実行力のない政治家に汗水垂らして納めている税金は使ってもらいたくない。いちばんやってもらわなければいけないところの、自分たちや役人の「改革」は、なにも手をつけようとはしない。

安泰だと妄信していた銀行も一時はおかしくなった。若者の人気も落ちた。百パーセントの幸福がないのとおなじで、信じているものがあったとしてもいつか崩壊する。

そんな話を妻としていると、おれもラーメン屋をやって上場するかと、高校生になったばかりの息子は口をはさんだ。おもった通りに生きろ。それが幸福をかんじるいちばんの秘訣だ。そして苦労すれば人間とおなじで、好きなラーメンに味がでるというものだ。

# 馬と鹿と酒

2005.6

息子と奈良に行った。相手は貸自転車であちこちをまわっていたが、わたしは興福寺のまわりを歩いただけであとは酒を飲んでいた。どこに行っても酔ってばかりじゃないか。夕方に戻ってきた息子は文句を言ったが、親には親の生き方がある。

あとに生まれてきて、それも、こちらのおかげでこの世にいる者にとやかく言われたくはない。親あってのこどもだ。その逆はない。親が気に食わなければ、はやく自立して出て行けばいいだけのことだ。

自立ができていない者をあまやかすのは勘違いを生む。人生は難儀で、自分のおもった通りにならないことはおとなならみな知っている。生きる哀しみは人生を知っている親のほうだ。おとなが酒を飲んで酔うのもそのうちわかると言うと、いつもいいかげんだなとにらみつけた。こちらの戯言《ざれごと》など効き目のない薬みたいなものだ。

しかし、へこたれなければ人生はなんとかなる。それくらいはわかる人間になれよと言いたかったが、馬の耳に念仏の息子に言うくらいなら、言葉の通じない馬にささやいたほうが気が楽でまだましのような気がする。

鹿もいたぞ。すっかり陽に灼けた息子は言った。馬はどうだった？　二頭合わせればおれたちみたいだなと言ってやりたかったがやめた。馬鹿は親だけで十分。だが健康で酒が飲めるというよろこびを、十五歳のこどもは知るまい。

酒の中にはいろんな人生の味がつまっている。飲むときの心境で変わってくるのだ。酒を飲む男心は男じゃないとわからないと言いたくなるが、息子には、その味がわかるまでせいぜい愉しくやってくれと言うしかない。

# がんばってる神楽坂

2005.7

先日、知人たちと池袋で飲み、有楽町線のホームを歩いていると、わたしとおなじようにふらついている人物がいた。作家で画家の司修さんで、おたがいに目を合わすとまた飲むことになった。

十二時をまわっていたので、やっているところがあるかなと心配していると、馴染みの酒場が神楽坂にあるのでそこに行こうということになった。店の前までくるとちょうど女将が暖簾《のれん》をおろしていたが、強引に入りおいしい日本酒を飲んだ。

司さんはよくきているらしく、彼女となかよくおしゃべりをしていた。こちらはだまって聞いていたが、何人もの文学仲間もきていていてへえーとおもった。へえーとかんじた気持ちの中には、もの書きはずいぶんといろんなところに進出しているのだなとおもったからだ。

しかしあとからかんがえてみれば当然のことだった。司さんは近くの法政大学の先生もしているし、同僚にはリービ英雄さんや島田雅彦さんもいる。笠原淳さんや川村湊さん、今年から中沢けいさんもいる。大学の人気もあり学生たちの活気もあるらしい。都心にありいい学生が集まってくるのかもしれない。

若者が集まれば神楽坂はもっといい街になるだろうなと、酔った頭でぼんやりとかんがえていた。文化は都市から生まれる。混沌としたところから立ち上がってくる。その匂いを彼らは感覚的に知っている。

若者は落ち着いた坂道を歩き、路地に入れば三味線の音が響く古い空間が残っている。古さの中に新しさがあるとおもっている者からみると、神楽坂はずいぶんとぜいたくで洒落《しゃれ》た街だ。多くの大学が郊外に出て、学生の街も時代とともに変化しているが、あんがいとこれからはこの街がそれを受け継ぐのではないか。

以前、リービ英雄さんと話をする機会があり、彼が、こんど神楽坂に家を買って住むのだと言ったことがある。わたしはあのときの羨望《せんぼう》をいまも憶えている。リービさんはほんとうにうれしそうにしゃべっていた。

そして十五年以上も前、まだバブル景気で世の中が浮かれているとき、わたしは神楽坂に住みたいと土地を歩いたことがある。こちらもまだ土建会社をやっていて、むりをすれば住めないこともなかったが、これからは小説家としてやっていくのだからとあきらめた経緯がある。いまはそれでよかったのだが、そのときの感情がいまでも心の中に残っていて、リービさんをうらやましくおもったのである。

真剣に小説を書き出すようになってから、わたしの環境もずいぶんと変わった。これでいいのかわるいのかわからないが、近くの学校に通う十五歳の息子が、こちらがそんなことをなにも言わないのに、神楽坂に住みたいよなと言うのを聞くと、親も子もやはり似ているんだなとかんじる。

そのうちに住むかと言うと、むりをするなよとあしらわれた。おれが大きくなったら住むからさ。どうやら息子の夢にもなっているらしい。頼りにしているよと応じると、お父さんはお父さんで生きろよな、とふだんわたしが言っていることを逆手にとられた。

その後、司修さんも川村湊さんも、近くに仕事部屋を持っていると知ったが、とたんにまたうらやましくなってきた。もっとがんばらねばという気持ちになるのだが、継続しないのがまたこちらの性格でもある。

# 息子に負けた

2006.1

正月早々、十六歳の息子と公園で相撲をとった。こちらにも多少のおぼえがあり、こどもの時分には相撲大会に出てはたくさんの商品をもらっていたものだ。だからまだ負けるはずがないと確信していた。それが三番とって二番も負けた。

負けるだけならしかたがないが、三番目には尻餅をつき、その上から重い体重をかけられてしまった。背骨がぐしゃりと鳴った気がして、息ができなくなり身動きもとれなくなった。そのまま救急車を呼ぶ羽目になった。

やがて夕闇の中を救急車のサイレンが鳴り響きやってきた。わたしは四人の救命隊の人たちに抱えられ病院に担ぎ込まれた。レントゲンを撮ると、背骨が圧縮されているが、足に痺れもないから大丈夫だろうとわらわれた。

それ以来、ずっと痛みをこらえて生活しているが、妻の肩を借りたり、靴下を穿《は》かせてもらったりしてなさけない。つい半年前まではなんどやっても勝っていたのに、にわかに力関係が逆転すると淋しいものがある。相手が急に威勢がよくなった気がしてそれもしゃくだ。

息子には力自慢をされるし妻にも叱責《しっせき》される。こちらは痛いおもいをしているだけだ。もう歳なのかとかんがえてしまったが、しかしそんなことは認めたくない。同世代の人間が多く、いつも競争を強いられて生きてきた気もするが、そろそろ早期退職をする知り合いたちも増えてきた。

団塊世代のみなさん、人口が多く懸命に突っ走ってきたんだから、大きな顔をして生きましょう、気力がいちばんですよと、負け惜しみで正月早々さけびたくなった。

# すこしながいあとがき

人の幸福など闇夜に走る流れ星のようなものだとおもっているが、わたしたちはその一瞬のきらめきを瞼の裏側に焼きつけて生きているところがある。

なにがいいことでなにがわるいことなのか、この世とおさらばするまで誰もわからない。なんとかなるなら気楽に生きようとする者もいるはずだし、逆に、がんばろうとする者もいるだろう。だがどんなことでも懸命にやったことしか自信につながらないともえば、先に人生を歩く親はやはりこどもたちには生きる希望を与えたほうがいい。

どういう生き方でもしんどいし、そうだからこそ、なおさらに生きる手応えがあるともいえる。突き詰めれば愉しく生きようとするしかないのだが、そうするには他者へのおもいやりややさしさも必要だ。

それはほかの動物とは違い人間だけが持つ特権でもあるのだが、わたしたちはついそのことを忘れがちだ。生きるということが困難だということはおとななら誰でも気づいているし、あとに続くこどもたちもそのことから逃げ出すことはできない。

ならばやさしくてもきびしく育てるというのが、親の務めということになってくるのではないか。人間も草木も過度にあまやかすと、根ぐされを起こすし自立もさまたげる。それは親の責任でもある。それにしても近ごろのこどもたちは少しわがままずぎないか。きみたちがなぜ学校に通っているか、かんがえたことがあるかと訊いてみたい。

どんな学校にでも国からの助成金が交付されている。助成金は、おとなたちが夜も寝ないで働いたり、命がけで働いて収めた税金のことだ。おとながこどもに教育を受けさせるのは、国家の源が人材だからこそその貴重な税金を投与しているのだが、そのことすらわからずにいる。

行儀のわるい格好で電車の座席にすわっている彼らを見ると、この国は大丈夫かとおもうがそれもわたしたちがわるいのだろう。子の姿は親の合わせ鏡なのだ。

親と子はもっと会話をする必要がある。わたしは息子にうるさがられても、相手がだまっているとなにか話をしろと催促をする。しゃべるということは自分を理解してもらうことでもあるが、相手に、いま自分がどんなことをかんがえているか判断してもらうことでもある。むしろそちらのほうが重要なのだがおたがいに口を閉ざす。わかっていても話し合うということがなによりも必要なのだ。

ここに載せられているエッセイにはあまい親の顔も浮き上がっているが、どんなことでも親を追い抜くことはできない。わたしの息子もしかりだ。親のほうがそれだけでも「偉い」のだ。

こちらは老いても子に従わないぞという気持ちで生きているが、あまえたいのは苦労している親のほうだ。それが生きる手応えとかんがえているからやせ我慢もできるというものだ。世のお父さんたちよ、もっと威張《いば》って生きましょうという気持ちだ。

そしていざとなったら判断も決断もある親でありたいと願っているが、そのおもいは、生涯、息子には届かないだろう。朝酒、昼酒を飲み、いいかげんに生きているが、人生はあきらめない修業だという感情もある。そのことに気づいてくれるかどうか。

本書は『沈黙の神々』に続き、森信久、森一枝両氏のおかげで上梓することができた。たいへんに感謝している。改めてお礼を申し上げたい。

二〇〇六年四月十一日

佐藤洋二郎

## 初出一覧（かっこ内は本書でのタイトル）

（株）明光企画

「願いごと」（『ばすけっと』１９９２年９月号〈夢追う頃へ〉）／「花火」（『味をさがして』１９９３年１０月号〈ＥＳＳＡＹ〉）／「エクシー・ドラフト（八月十五日の記憶）」（『ばすけっと』１９９３年１０月号〈夢追う頃へ〉）

日本経済新聞（（株）日本経済新聞社東京本社）

朝刊

「二月の風」（２０００年２月１４日）

夕刊〈さらりーまん生態学《いきざまがく》〉

「孤独を癒す人生（男にもてる）」（２００２年３月２８日）／「日本の子供は実にわがまま（わがままなこども）」（２００２年１２月５日）／「恋は感受性はぐくむ早道（恋がはぐくむ感受性）」（２００３年２月２７日）／「こどものうちに経験積めば…（こどものうちの経験）」（２００４年１月２０日）／「おとなが教えるべきなのは「お勉強」か（「お勉強」はできても…）」（２００４年３月４日）／「「苦み」から知る本当の人生」（２００４年９月９日）／「息子に響

け、父の人生哲学」（2004年10月14日）／「理解深める大切な「言葉」」（2005年1月6日）／「己を厳しく律して生きよ（己に厳しく）」（2005年3月17日）／「若者よ、思うがまま生きろ（思うがままに）」（2005年4月21日）／「酒に詰まる人生の味（馬と鹿と酒）」（2005年6月9日）／「息子の背中には大きな顔で（息子に負けた）」（2006年1月19日）

山陰中央新報（株）山陰中央新報社
「春がきた」（1997年4月3日〈こもれび〉）／「富士は天才」（1999年10月31日〈羅針盤〉）／「反面教師（二代目反面教師）」（2000年2月27日〈羅針盤〉）

京都新聞（株）京都新聞社
「親の勝手」（1997年11月20日〈こもれび〉）

東京新聞夕刊（株）東京新聞
「いいかげんな親子・一泊のラーメン・餃子行脚（ラーメン・餃子に一泊二日）」（2003年9月1日〈文化〉）

産經新聞夕刊（株）産業経済新聞社東京本社
「春がきた（急がぬ人生）」（2002年2月2日〈文化〉）

『群像』（(株)講談社）
「奥様は隠れキリシタン（小説家の妻）」（２００２年１０月号〈随筆〉）
『すばる』（(株)集英社）
「二百八十円の幸福」（２００４年４月号〈文学カフェことば〉）
『青春と読者』（(株)集英社）
「犬小屋の周り（煮干しの好きな人たち）」（２００２年８月号〈今月のエッセイ〉）
『るんびにい』（(株)三笠会館）
「反面教師（初代反面教師）」（１９９８年４月号）
『潮』（(株)潮出版社）
「梅雨空の国」（２００１年８月号〈ずいひつ波音〉）
『図書館の学校』（ＴＲＣ図書館流通センター）
「夏の約束（図書館好き）」（２００１年９月号（第２１号））
『江古田文学』（日本大学藝術学部文芸学科）
「漱石の墓」（第４８号（２００１年１０月２０日刊））

『神楽坂まちの手帖』（(株)けやき舎）
「おとなの気分、親の気分（親子の酒場）」（２００４年第４号）／「人生は寄り道ばかり」（２００４年第６号）／「親の責任」（２００５年第７号）／「勝手に動くおもちゃ（おたがいさま）」（２００５年第８号）／「古さの中に混在する新しい街（がんばってる神楽坂）」（２００５年第９号）
ＮＯＭＡプレスサービス（(社)日本経営協会総合研究所）
「美しく見えるもの（好きなことなら努力もする）」（Ｎｏ・６０３（２００１年１１月発行））
『遊歩人』（ｅｂｏｏｋマガジン）
「どうする。日本」（Ｎｏ・１８〈巻頭エッセイ〉２００３年３月発行）／「やきにく丼、万歳」（Ｎｏ・３５〈特集・正義の丼〉２００５年３月発行）
『発言者』〈風来坊のふらふらエッセイ〉（西部邁事務所）
「白井（あんなのいんちきだよなあ）」（２００１年１２月号）／「神々廻（神々廻ふらふら）」（２００２年８月号）

著者略歴

佐藤　洋二郎（さとう・ようじろう）

一九四九年福岡県生まれ。作家。『夏至祭』で野間文芸新人賞、『岬の蛍』で芸術選奨文部大臣新人賞、『イギリス山』で木山捷平文学賞をそれぞれ受賞。『南無』『ミセス順』『福猫小判夏まつり』『人生の風景』『沈黙の神々』『夏の響き』など著書多数。

# やきにく丼、万歳！
## ——オヤジの背中、息子の目線——

二〇〇六年六月二十日　初版発行

著　者　佐藤洋二郎
発行者　森　信久
発行所　株式会社　松柏社
〒一〇二—〇〇七二　東京都千代田区飯田橋一—六—一
電話　〇三（三二三〇）四八一三（代表）
ファックス　〇三（三二三〇）四八五七
Eメール　info@shohakusha.com

装丁　熊澤正人＋中村聡（パワーハウス）
挿画　サイトウ　トモミ
編集・組版　ほんのしろ
製版・印刷・製本　モリモト印刷（株）

ISBN4-7754-0117-3
定価はカバーに表示してあります。